Mord und Pasta

Sieben Leipziger Kriminalgeschichten

von Thomas Schmertosch und Klaus Pohl

Impressum

Texte:	© Copyright by Thomas Schmertosch, Klaus Pohl
Graphiken:	© Copyright by Viktoria Stoiser, Ingmar Lämmer
Umschlag:	© Copyright by Thomas Schmertosch, Viktoria Stoiser, Ingmar Lämmer
Herausgeber:	Thomas Schmertosch
	Hempelstr. 11
	04177 Leipzig
Herstellung und Verlag:	BoD – Books on Demand, Norderstedt

© 2018

ISBN: 9783748137542

Printed in Germany

Bibliografische Information der Deutschen Nationalbibliothek

Die Deutsche Nationalbibliothek verzeichnet diese Publikation in der Deutschen Nationalbibliografie; detaillierte bibliografische Daten sind im Internet über http://dnb.d-nb.de abrufbar.

Tief gefallen

Frank Baumann, erfolgreicher Investmentbanker der weltbekannten *EasyRich AG* befindet sich mitten in Leipzigs Fußgängerzone. Daran wäre noch nichts Besonderes, wenn er nicht mausetot und umringt von einem Haufen Gaffer dort liegen würde.

Zur gleichen Zeit sitzt Hauptkommissar Stüber bei seinem Lieblingsitaliener, schließt die Augen und genießt mit einem tiefen Atemzug die Aromen von Südtiroler Speck, Knoblauch und Grana Padano. Wenn Roberto ihm mit einem freundlichen ,Pronto Commissario' seine *Pasta Carbonara* serviert, ist für Stüber die Welt in allerbester Ordnung. Für viele ist es einfach nur Essen, für ihn der Inbegriff des Garten Eden. Er nimmt einen Schluck vom köstlichen *Primitivo*, da vibriert das Telefon.

Es muss lange warten, bis Stüber bereit ist die Augen zu öffnen. Wie in Zeitlupe greift er nach dem Telefon. „Mehldorn, was ist so wichtig, dass Sie mich stören?", raunzt er durch die Leitung.

„Chef, wir haben hier einen Toten", meldet sich Mehldorn aufgeregt.

„Na und? Nichts wie unter den Arm geklemmt und schwupp in die nächste Biotonne gestopft."

Kurze Pause. „Chef ich weiß, dass ich jetzt auf Ihrer Mordliste über die Banker gerutscht bin. Aber lieber lasse ich mich von Ihnen umbringen als vom Chef. Der will nämlich wissen, wo Sie stecken."

„Ist das jetzt ein Kompliment?"

„Was? Dass der Chef Sie unbedingt sehen will?"

„Nein! Dass Sie sich lieber von MIR umbringen lassen wollen."

„Naja, sagen wir mal so: Der hier liegt, könnte einer Ihrer Erzfeinde sein und da könnte ich mit heiler Haut davonkommen."

Stüber glaubt sich zu verhören. „Sagen Sie bloß, ein toter Banker?"

„Sieht so aus Chef."

„Na dann besser doch in den Sondermüll", die lakonische Antwort.

„Mensch Chef, was ist jetzt?"

Nach Mehldorns tiefem Durchatmen gibt Stüber endlich auf. „Also gut, bin unterwegs."

Stüber knallt zwei Scheine auf den Tisch und stürmt dann doch von Enthusiasmus getrieben los. Mit voller Wucht tritt er in die Pedale seines uralten Fahrrades.

Ein toter Banker! Er fasst es kaum. Erst vor kurzem hat einer von diesen schmierigen Typen seine ganzen Ersparnisse mit einer angeblich todsicheren Anlage durchgebracht. Alles futsch! Und alle Pläne für den Ruhestand gleich mit. Seitdem quälen ihn die finstersten Alpträume. Es wird höchste Zeit, dass einer dafür büßt!

Minuten später ist Stüber am Ort des Geschehens. Nur mit Mühe kann er sich den Weg durch die Gaffer bahnen, die zahlreich die Absperrung umgeben. Als er es endlich mit Hilfe von Dienstausweis und nicht wenig barschen Bemerkungen geschafft hat, wird er von Mehldorn hektisch empfangen.

„Chef, da sind Sie ja endlich!", ruft dieser schon von weitem.

„Was heißt hier - ENDLICH?", mault Stüber.

„Hauptkommissar Stüber, wo stecken Sie nur?", erregt sich der Chef der Mordkommission Doktor Meyer-Krefeld. „Denken Sie vielleicht, dass wir für Sie arbeiten, während Sie sich in Ihrem Büro verkriechen?" Wie immer bei dieser Art Aufregung scheint sich alles Blut seines Körpers in seinem Gesicht zu versammeln. Stüber kennt das und reagiert in gewohnter Weise mit Ignoranz.

„Wisst ihr schon, wer es ist?", wendet er sich seelenruhig an seinen Freund Waldemar von der Spurensicherung.

„Es ist Frank Baumann. Er arbeitete hier im Hansa-Haus bei einer Investmentbank", berichtet Mehldorn an dessen Stelle und zeigt auf die Zugangskarte am Gürtel des Opfers. „Ein Zeuge hat gesehen, wie er dort oben vom Dach gesprungen oder gestürzt ist."

„Der war sofort tot. Zeitpunkt vor ca. einer Stunde. Das deckt sich mit der Aussage des Zeugen", ergänzt Waldemar.

„Na dann wollen wir doch mal sehen, ob den hier jemand vermisst. Mehldorn, haben Sie schon die Aussagen des Zeugen aufgenommen?"

Sein Assistent nickt, während Meyer-Krefeld erneut aufbraust. „Denken Sie vielleicht, wir haben uns hier gelangweilt?"

Stüber ignoriert seinen Chef auf ein weiteres, schnappt sich Mehldorn und schiebt sein Fahrrad seelenruhig in Richtung Haupteingang. Damit überlassen die Kommissare ihrem Chef die Kollegen von der Presse, die im selben Moment auftauchen.

Als sich im Foyer die Fahrstuhltür öffnet, steht da schon ein Herr um die Fünfzig. Die Haare gegelt, Dreitagebart, dunkler Anzug mit Nadelstreifen und Einstecktuch, blütenweißes Hemd, sicher sehr teure Krawatte, eine Hand in der Hosentasche, in der anderen ein fast leerer Papierkorb. Das sind die Typen, die sich von unserem Geld ein fettes Leben machen, geht es Stüber durch den Kopf und nun ist es sein Blutdruck, der bedrohlich ansteigt.

Oben angekommen verschwindet der Liftpartner schnurstracks und grußlos hinter einer Glastür. Die beiden werden von einer attraktiven Brünetten in aufregend schwarzem Kostüm empfangen.

„Guten Tag. Wie darf ich Ihnen helfen?" Nun ist es Stüber, der von den Haarwurzeln bis zu den Schnürsenkeln gemustert wird. So oft verirrt sich keiner vom Typ Schimanski hierher. Er nimmt es gelassen.

„Kennen Sie einen Frank Baumann?"

„Darf ich fragen, warum Sie das wissen wollen?"

Stüber zückt seinen Ausweis. „Sie dürfen. Ich bin Hauptkommissar Stüber und das ist mein Assistent Kommissar Mehldorn. Wir sind von der Mordkommission und wollen wissen, warum Herr Baumann da unten tot in der Fußgängerzone liegt und wie er da hinkommt."

„Oh Gott! Wie ist denn das passiert?", entfährt es ihr.

„Also Sie kennen ihn?", stellt Stüber mehr fest, als dass er fragt.

„Aber ja doch! Er arbeitet, ähm, arbeitete, oh Gott!" Stüber muss warten, bis sie sich gefasst hat. „Seit über zehn Jahren."

„Kennen Sie ihn denn näher? Hatte er Feinde?", erkundigt sich Mehldorn.

„Nein, alle meinen, er sei ein begabter Investmentbanker, aber kennen nein, das wäre zu viel gesagt. Beliebt war er aber nicht."

„Und wer liebte ihn denn besonders wenig?", hakt Stüber nach.

„Na ja, alle, die sich mit ihm als neuer Filialleiter bewerben."

„Die da wären?"

„Na zum Beispiel der Herr Zeidler. Er war erst vorhin bei ihm und ist dann wütend rausgestürmt."

Darauf Mehldorn: „Woran haben Sie denn seine Wut bemerkt?"

Die Brünette knispelt an ihren Fingernägeln und schaut dann ängstlich zu Stüber. „Muss ich das sagen? Er hat es vielleicht nicht so gemeint"

„Lassen Sie mich raten. Er hat ihm den Tod gewünscht. Hat gedroht ihn umzubringen."

Ein Zucken um ihre Mundwinkel und die Antwort „Warum fragen Sie, wenn Sie es schon wissen?", bestätigt Stübers Theorie.

Eine Minute später stehen sie in Zeidler´s Büro. Dieser erhebt sich flink, geht ihnen entgegen und reicht beiden sehr freundlich die Hand. „Sie sind sicher Herr Dr. Konrad und Herr Schuster. Da haben Sie sich aber schnell entschlossen. Wir haben doch erst vorhin telefoniert."

Die Polizisten schauen sich an und zücken die Dienstausweise.

„Da irren Sie sich. Mein Geld haben Sie schon vernichtet", so Stübers lapidare Antwort.

Zeidler starrt auf die Ausweise und wechselt von einem Extrem ins andere. „Was erlauben Sie sich, so einfach in mein Büro hereinzuplatzen! Wir sind schließlich ein seriöses Unternehmen und müssen uns nicht von Ihnen belästigen lassen."

„Das ist ja interessant", entgegnet Stüber mit süffisantem Tonfall.

„Darf ich fragen, was Sie denn so interessant finden", regt sich Zeidler immer mehr auf.

„Naja, das sind eigentlich zwei Dinge. Einmal, dass Sie sich als ‚seriöses Unternehmen' bezeichnen und zum anderen, dass Sie sich von der Polizei belästigt fühlen."

Und Mehldorn: „Wo Sie unseren Job ja mit Ihren Steuern finanzieren."

„Das ist genau der Punkt. Ich zahle auch noch dafür, mich von Ihnen beleidigen zu lassen." Dazu fuchtelt Zeidler in der Luft herum, als wolle er Fliegen verscheuchen.

Stüber steckt eine Hand in die Hosentasche, setzt sich unaufgefordert in den schmucken Designersessel und wartet, bis Zeidler alles Ungeziefer erledigt hat.

„Sind Sie eigentlich immer so aufbrausend? Also wenn es sich nicht gerade um ihre Opfer - ähm, Pardon - ich meine, ihre Kunden handelt", kommentiert Stüber seine fichelante Handbewegung.

„Immer dann, wenn ich so provoziert werde wie zum Beispiel von Ihnen ..."

„... oder von Frank Baumann", fällt ihm Mehldorn ins Wort.

„Was hat den Baumann damit zu tun. Das ist doch hier gar nicht relevant."

Stüber wird schlagartig ernst, springt auf und geht zum Fenster. „Oh doch, Herr Zeidler. Das ist sehr wohl relevant. Besonders wenn man bedenkt, dass ihr Kollege tot da unten liegt und es noch nicht lange her ist, dass Sie ihm den Tod gewünscht haben."

Stille. Zeidler starrt die Kommissare verunsichert an, folgt Stüber zum Fenster, das bis auf den Boden reicht. Unten immer noch jede Menge Gaffer und die Kollegen der Spurensicherung, die mit ihren weißen Schutzanzügen einer Schar Aliens gleichen. Zeidler schaut hinunter und verfolgt, wie ein Blechsarg in einen Transporter gehievt wird. Dann findet er seine Sprache wieder.

„Ja ich kann mich nur bei Ihnen entschuldigen. Ich konnte ja nicht ahnen, dass ..."

Wieder unterbricht Mehldorn „... wir so schnell bei Ihnen auf der Matte stehen."

„Nein, doch", jetzt schaut er mit dem Blick eines geschlagenen Hundes zu Stüber. „Aber das habe ich doch nicht so gemeint."

„Was haben Sie nicht so gemeint?"

„Na vorhin. Der Baumann hat mich mit seiner arroganten Art so auf die Palme gebracht, da ist mir das halt rausgerutscht. Ich bringe doch keinen um!", hebt Zeidler dann doch wieder die Stimme.

„Na gut", lenkt Stüber ein. „Dann bleibt immer noch die Frage, wie ihr Kollege so tief fallen konnte?"

Zeidler kehrt allmählich zu seinem gewohnten Tonfall zurück. „Woher soll ich denn das wissen. Da müssen Sie mal diejenigen fragen, die sich mit ihm immer auf der Dachterrasse rumtreiben."

„Die da wären?"

Zeidler sucht nach Worten. „Na zum Beispiel die Frau Heinze. Die verbringen doch mehr Zeit da oben, als andere arbeiten."

„Sie meinen, die sind ein Paar und genießen beim Knutschen die schöne Aussicht?", hakt Mehldorn nach.

„Ich weiß es nicht. Geben vor zu rauchen und dabei - naja, Sie wissen schon, was so geredet wird."

„Und wo finden wir die Frau Heinze?"

Der Weg dorthin führt an Hirschs Büro vorbei, wo inzwischen auch die Spurensicherung aktiv ist. Waldemar schüttelt den Kopf. „Bis jetzt noch Nichts."

„Sind deine Leute schon auf dem Dach?", will Stüber wissen.

„Kommt als Nächstes dran." Stüber hebt den Daumen und tritt hinter Mehldorn ins gegenüberliegende Büro von *Sales Assistent Carolin Heinze*.

Deren Aussehen verschlägt beiden augenblicklich die Sprache. Ihren scheinbar makellosen Körper, Marke Claudia Schiffer, versteckt die Mittdreißigerin in einem Outfit, bei dem jedes Teil in verschiedensten Rosatönen brilliert. Dazu eine Ausstrahlung, bei der jeder Mann nur so dahin schmelzen muss. Mehldorn schaut wie ein Junge, der eine Zauberschau verfolgt. Ja, sie kann für wahr als Fleisch gewordener Männertraum durchgehen.

Auch Stüber ist ganz hingerissen, hat aber sein Testosteron mehr unter Kontrolle als sein Assistent. „Wir sind von der Mordkommission und haben ein paar Fragen."

„Mordkommission? Um Gottes willen, was ist denn passiert? Und was suchen denn diese Leute in Herrn Baumanns Büro?"

„Das wollen wir und ‚diese Leute da' gerade herausfinden. Waren Sie mit Herrn Baumann liiert?"

Die Schöne erschrickt. „Sie sprechen in der Vergangenheit? Wollen Sie damit sagen, dass Frank, ähm, ich meine Herrn Baumann etwas zugestoßen ist?"

„Kann man so sagen. Zugefallen wäre aber trefflicher ausgedrückt", entgegnet Mehldorn, dessen Blick immer noch an ihren Lippen klebt.

Die Heinze fingert von einem leisen ‚Oh mein Gott' begleitet nach einem Tempo und ringt um Fassung.

„Na schön, ähm, oder eben nicht schön", räuspert sich Stüber. „Der Herr Baumann war doch mit Ihnen recht häufig auf der Dachterrasse. Das stimmt doch, oder?"

„Ja, das ist richtig. Wir sind beide Raucher und gehen unserem Laster da oben nach."

„Und wann waren Sie das letzte Mal Ablastern?"

„Heute Vormittag, so etwa elf Uhr. Ja es war kurz vor elf", sinniert sie weiter. „Ich wollte noch kurz vor meinem Kundentermin eine rauchen und da hat sich Frank angeschlossen."

Stüber wendet sich an Mehldorn. „Wann hatte Waldemar gesagt, war der Todeszeitpunkt?"

Plötzlich wird die Schöne laut. „Was, Todeszeitpunkt? Höre ich da richtig: Der Frank ist tot?"

Mehldorn geht auf sie zu und erklärt, was passiert ist. Jetzt verliert sie endgültig die Fassung, lässt sich auf ihren Stuhl fallen und weint herzzerreißend. Selbst das geschieht in einer Art, dass Mehldorn sie am liebsten in den Arm nehmen und trösten würde.

Stüber macht den Vorschlag, doch auf die Dachterrasse zu gehen und frische Luft zu schnappen. „Das wird Ihnen bestimmt guttun."

Als Carolin Heinze voran die Wendeltreppe erklimmt, muss Mehldorn sich zwingen auf die Stufen zu achten. Und beinahe rutscht er auch aus. „Mensch Mehldorn reißen Sie sich doch zusammen", zischt Stüber seinen Assistenten an.

Oben angekommen werden sie von strahlendem Sonnenschein und einer leichten Brise begrüßt. Die Schöne zündet sich immer noch mit zittrigen Händen eine Zigarette an und nimmt auf dem kleinen Dach eines Lüftungsschachtes Platz. Stüber schaut nach vorn und registriert, dass es kein Geländer gibt.

„Ich nahm an, dass es sich hier um eine richtige Dachterrasse handelt. Aber das ist doch nichts weiter wie ein stinknormales Dach mit Antennen, Lüftungsschächten und Abgasschloten", kommentiert er seine halbkreisförmige Handbewegung.

Nach einem tiefen Zug an ihrer Davidoff erklärt die Heinze, dass jeder hier oben raucht. Erstens ist man an der frischen Luft und kann die Aussicht genießen und zweitens ist in den Büros das Rauchen verboten. „Auch hier ist uns der Aufenthalt verboten, aber dran halten tut sich keiner. Bisher ist ja auch nichts passiert." Wieder muss sie schnäuzen.

Während dessen wird Mehldorn von den irren langen Beinen abgelenkt. Man steckt die gut in den Strümpfen! Übereinandergeschlagen sehen die noch besser aus, als zuvor. Zum Glück schaut sich Stüber wieder an der

Dachkante um. Sie hat den Ellenbogen auf ihren Oberschenkel gestützt, die flache Hand vor den Augen. Mehldorn ist hin und hergerissen, kann sich nicht losreißen. Als er zum x-ten Male die sexy Formen fasziniert in sich aufsaugt, entdeckt er etwas, das ihn schlagartig ablenkt.

Inzwischen ist Stüber zurück und wendet sich an die Dame in Rosa. „Schildern Sie doch jetzt mal, wie Ihr letzter Besuch hier oben abgelaufen ist."

„Das wird nicht nötig sein", fällt ihm Mehldorn ins Wort. „Sie können wieder in Ihr Büro gehen. Halten Sie sich aber zu unserer Verfügung."

Während sich die Heinze irritiert erhebt, empfängt Mehldorn von seinem Chef einen Blick, der auch zum Töten getaugt hätte. Kaum ist das Rosa hinter der kleinen Tür verschwunden, poltert dieser auch schon los.

„Mensch Mehldorn, haben Ihnen die weiblichen Reize jetzt endgültig die Sinne vernebelt?"

Völlig die Ruhe selbst, fingert der Gescholtene einen Latexhandschuh aus seiner Jacke und zieht ihn sich, begleitet von Stübers erstaunten Blick, über.

„Chef, wenn es so ist, wie ich vermute, gehe ich als Leipziger Sherlock Holmes in die sächsische Kriminalgeschichte ein. Sie dürfen gespannt sein."

Dann geht er zum Lüftungsschacht, wo eben noch die bezaubernde Frau Heinze ihre Beine zur Schau stellte. Mit spitzen Fingern zieht Mehldorn ein Stück gelbes Papier aus dem Luftgitter und hält es Stüber vor die Nase.

„Fällt Ihnen was auf?"

Stüber greift das Handgelenk seines Assistenten und führt es so, dass er die Schrift entziffern kann. „Ehrlich gesagt, nein", muss er schließlich zugeben.

„Na dann bleiben Sie mal schön gespannt und folgen Sie mir unauffällig."

„Mehldorn, muss ich mir Sorgen um Sie machen?"

„Ich glaube nicht."

„Sagen Sie bitte, wer war denn dieser Herr, vorhin mit uns im Fahrstuhl?", erkundigt sich Mehldorn wenig später bei der Brünetten im Foyer.

„Das war der Herr Keller, unser stellvertretender Chef."

„Und der hat sein Büro dort hinter der Glastür, gleich neben der Treppe zur Dachterrasse?", will Mehldorn noch wissen. Die Dame nickt und eine Minute später stehen beide in Kellers Büro.

„Was suchen Sie hier? Wenn Sie mich sprechen wollen, dann lassen Sie sich einen Termin geben", blafft der sie an.

„Kommissar Mehldorn, ich brauche keinen Termin", kommentiert dieser seinen Dienstausweis.

„Was wollen Sie dann bei mir? Hier hat keiner was verbrochen."

„Das sehe ich anders. Haben Sie eine Ahnung, warum Ihr Kollege Baumann mausetot unten auf dem Fußweg liegt", fragt Mehldorn und hält Ausschau nach Kellers Papierkorb.

Keller schreckt auf. „Was der Baumann ist tot?"

„Genauso ist es. Also?", antwortet Stüber gelassen, aber immer noch etwas orientierungslos.

In diesem Moment entdeckt Mehldorn den Papierkorb und daran haftet, wie schon im Fahrstuhl gesehen, immer noch ein gelber Papierschnipsel. Keller hat ihn offensichtlich beim Leeren übersehen. Mit Bedacht steckt Mehldorn auch diesen in eine Plastiktüte und hält beide Fundstücke gegen das Licht. Der Vergleich ist eindeutig. Das gleiche Papier, darauf die gleiche Handschrift. Dann präsentiert er beide Teile dem inzwischen etwas nervös gewordenen Keller.

„Ich frage mich, wie der hier auf das Dach kam und warum der an ihrem Papierkorb hängt. Und was werden wir wohl unten in der Papiertonne finden? Haben SIE eine Erklärung?" Es ist nun an Stüber, dem ein Kronleuchter aufgeht.

Keller springt auf, rennt zur Tür, kommt aber nicht weit. Dann rastet er aus.

„Dieses Schwein wollte nicht nachgeben. Hab ihm Geld angeboten, aber er hat nur gelacht. Vor seinen Augen hab ich seine blöde Erpressung zerrissen und er hat nur noch lauter gelacht. Der wollte nur den verdammten Chefposten. Scheißegal war ihm, dass ich sie liebe. Und wenn es hundertmal die Frau vom Chef ist. Gar nichts ging ihn das an. Gar nichts!"

„Und da haben Sie ihm einen Schubs gegeben und schwupps war der Widersacher tot", ergänzt Stüber, während die Handschellen klicken.

„Nur zu dumm, dass Sie nicht gleich die Schnipsel vom Wind verwehen ließen, sondern erst im Büro und dann im Müllraum entsorgen wollten."

Wieder in der Fußgängerzone angekommen, stupst Stüber seinen Kollegen den Ellenbogen in die Seite. „Kommen Sie Mehldorn, oder sollte ich besser Holmes zu Ihnen sagen? Ich lade Sie zum Essen ein. Sie haben´s verdient." spricht es und marschiert ohne Zögern los, so dass Mehldorn Mühe hat, hinterher zu eilen.

Als die Kommissare endlich bei Roberto sitzen und sogar Stübers Stammtisch frei ist, scheint die Welt wieder in Ordnung.

„Commissario, ich habe heute Ihre Lieblingssuppe."

„Was, du hast die Essenz von Tomaten? Roberto du bist ein Schatz."

„Was ist denn das für ein Zeugs?", will der ahnungslose Mehldorn wissen.

„Das ist eine klare Tomatensuppe mit zerkleinertem Rindfleisch, getrockneten Tomaten, Zwiebeln und Wurzelwerk. Dazu kommt noch Basilikum, Tomatenmark und etwas Olivenöl", erläutert Roberto mit reichlich italienischer Gestik.

„Und nicht zu vergessen diese köstlichen Ricottaklößchen", ergänzt Stüber und erkundigt sich, was er heute sonst noch auf der Tafel stehen hat. Roberto empfiehlt neben der Kalbshaxe in Port-Madeira, einem Lieblingsgericht von Stüber, heute ein Lachsfilet in Gorgonzola-Sahne mit Walnüssen.

„Fisch mit Gorgonzola und Nüssen. Wie geht denn das?", will Mehldorn es genauer wissen.

Jetzt ist Roberto in seinem Element. „Aber Commissario, das geht sehr wohl. Die Zutaten ergänzen sich ganz ausgezeichnet. Sogar Wildschwein und Räucheraal passt zusammen."

Jetzt verzieht Mehldorn das Gesicht. „Klingt wie Sauerfisch mit Schweineaugen."

Roberto lacht auf. „Der ist gut! Der ist wirklich gut. Aber ein bisschen Recht hat er schon, stimmt´s Commissario?"

Mehldorn kann nicht richtig mitlachen, schließt sich aber der Wahl Stübers an.

„Das machen Sie richtig, Commissario", kommentiert Roberto, während er davoneilt.

Die beiden Kommissare nehmen einen Schluck vom Primitivo und beobachten eine Gruppe Rentner, die zu ihren Plätzen schleichen.

„Ach Mehldorn, das steht uns auch noch bevor", kommentiert Stüber sentimental.

„Da Sie ja wesentlich näher dran sind, kann ich Ihnen ja immer Ihren Rollator ölen. Da geht es fluffiger."

„Mehldorn, Sie haben wirklich ein großes Herz."

Der Spießer

Um Otto Braunwart flattern friedlich verschieden farbige Schmetterlinge. Das Wasser plätschert leise über den kleinen Wasserfall. Überall in Braunwarts Garten stecken Metallspieße mit unterschiedlichen Dekoren. Es gibt Frösche auf Blättern, rostige Libellen im Flug, Dekokugeln und Zusammenstellungen, die an Schaschlik erinnern. Seit es modern geworden war, sich solche vielfältigen Kreationen in die Erde zu stecken, hatte Braunwart begonnen, sein Reich damit zu verschönern. Er betrieb diesen Kult bald schon so exzessiv, dass er von seinen Nachbarn nur noch „der Spießer" genannt wurde. Heute hat Otto Braunwart seine letzte Figur aufgespießt. Sich selbst.

Hauptkommissar Stüber steht auf Braunwarts Terrasse. Ein leichter Nebel zieht vom Cospudner See herauf. Vereinzelte Golfspieler bevölkern den Platz, der gleich hinter dem Zaun beginnt und sich bis hinunter an die Uferpromenade erstreckt. Stüber fröstelt, zieht den Kopf zwischen die Schultern und vergräbt die Hände tief in den Taschen. ‚Traumhafte Wohnlage' geht ihm durch den Kopf. Genau das Richtige für Rechtsverdreher, Immobilienfuzzis und sonstige Geldheinis. Wieder denkt Stüber an sein Sparkonto, das er bis vor kurzem noch hatte, spürt den Groll in sich aufsteigen wie hässliches Sodbrennen.

Sein Blick schweift über das prächtige Anwesen und endet bei dem Toten. Offensichtlich war er in seine eigenen Spieße gestürzt. Einer hatte seinen Körper durchstoßen und ragt nun als blutige Lanze aus dem Rücken. Ein leichter Schauer überkommt ihn.

Sein Assistent tritt neben ihn. „Gespickt wie 'n Hasenrücken",

„Was?"

„Na der hat mehr Spieße in sich als so ein Fatier."

„Ein Fakir", verbessert Stüber.

„Oder so. Jedenfalls muss man sich bei dem über die Todesursache keine Gedanken machen."

„Stimmt, ersoffen ist der nicht."

„Jedenfalls liegt hier Otto Braunwart zu unseren Füßen. Er ist vierundsechzig Jahre, seit zwei Jahren Witwer und Finanzberater im Ruhestand."

Ein leichtes Lächeln umspült Stübers Mund, aber er besinnt sich sofort wieder.

„Gefunden hat ihn sein Nachbar ein gewisser Sturm", berichtet Mehldorn weiter.

„Ein Tornado oder eher ein Wirbel."

„Mensch Chef, ist wieder mal typisch. Ich arbeite und Sie machen sich lustig."

„Aber mein lieber Mehldorn", kommentiert Stüber den Ellenbogenstups in dessen Rippen. „Wie lange kennen wir uns, hä?"

Damit wendet sich Stüber dem Mann der Spurensicherung zu, der neben der Leiche hockt und schon viele Jahre sein Freund ist.

„Erste Erkenntnisse Waldemar?"

Der Angesprochene zeigt auf den Hinterkopf. „Hat einen Schlag auf den Kopf bekommen. Keine Abwehrspuren, ist ohne sich abzufangen auf die Spieße gestürzt. Der Schlag muss ihn überrascht haben. Ein Frosch stach ihm beim Aufprall ins Herz."

„Ein Frosch?", fragt Stüber.

„Nun ja, nicht direkt ein Frosch. Mehr der Stab, auf dem dieser steckte."

„Und was sagst du zur Tatwaffe?"

„Zum Lurch?"

Schweigen.

Als Waldemar den Blick seines Freundes sieht, wird er sofort ernst.

„Wie schon erwähnt. Der Schlag war nicht tödlich. Eher schwach ausgeführt. Die Wunde ist nicht allzu groß. Wahrscheinlich ist das Opfer mehr vor Schreck gestürzt."

„Könnte er mit einem Golfschläger attackiert worden sein?"

Waldemar nickt in Richtung des Golfplatzes: „Du meinst", er intoniert die Melodie eines Volksliedes, "kam ein Schläger geflogen?"

Stüber kontert mit ‚Ich dachte immer die spielen mit Bällen' verweist aber dann auf den Golfbag, der an der offenen Terrassentür lehnt.

Waldemar tritt näher und betrachtet diesen genauer. „Naja, von der Größe her kämen die Eisen schon in Betracht, aber ich glaube nicht, dass es ein Metall war. Dazu ist die Wunde nicht tief genug."

Während die beiden weiter laienhaft über die Golfutensilien fachsimpeln, tritt einer von Waldemars Leuten heran und präsentiert den Abdruck eines Schuhs. „Den hier haben wir neben dem Toten gefunden. Der Sohle nach ist er von einem Golfschuh, Größe 46. Passt aber nicht zum Opfer."

„Na dann haben wir ja eine Spur", frohlockt Stüber und erinnert seinen Freund daran, möglichst schnell die Obduktion zu machen.

„Wird pronto erledigt, Stüber. Wo dir doch tote Geldheinis so sehr ans Herz gewachsen sind."

Als Stüber sich umdreht, kommt ihm Mehldorn mit einer Gestalt entgegen, die durchaus als kleiner Mann, oder besser, als Zwerg durchgehen könnte.

Das Geschöpf reicht Stüber die Hand. „Sturm, bin ein Nachbar, hab angerufen. Also Sie sind der Chefinspektor?"

Der Kommissar greift die Hand und betrachtet dabei die groteske Erscheinung. Sturm ist kaum größer als 1,50, hat schütteres blondes Haar und einen so dünnen Körper, dass er beim nächsten Windstoß davonzufliegen droht.

„Ich bin nicht von Scotland Yard, sondern Hauptkommissar Stüber von der Leipziger Mordkommission."

„Ich habe den Spießer im Garten liegen sehen", unterbricht ihn der Zwerg.

„Wen?"

„Entschuldigung, Herrn Braunwart", antwortet die Gestalt kleinlaut. „Wir sagen hier alle Spießer zu dem Tyrannen. Den konnte keiner von uns leiden."

„Warum liebte ihn denn keiner?"

„Der Spießer, ähm, der Braunwart verachtete die Menschen um ihn herum."

„Kein Wunder schließlich ist er ja Finanzberater", kommentiert Stüber trocken.

Der Zwerg lacht mit einer Stimme wie eine Kreissäge laut schallend auf. „Der ist gut, der ist wirklich gut. Muss ich gleich meiner Frau erzählen."

Als Sturm sich einigermaßen beruhigt hat, erkundigt sich Stüber, ob das Opfer von seinen Nachbarn auch gehasst wurde.

„Da können Sie einen drauf lassen. Hat nur gestänkert und jeden angezeigt, der mal falsch geparkt hat. Wird sicher ´ne einsame Beerdigung für den alten Sack. Hier weint dem keiner eine Träne nach", Sturm spuckt verächtlich auf den Boden.

„Nach seiner Pensionierung wurde er immer unausstehlicher. Und nach dem Tod seiner Frau vor zwei Jahren hat er sich völlig eingeigelt. Hat sein Haus praktisch nie verlassen. Saß nur am Fenster, hat Stunk gemacht und seinen Garten verhunzt."

„Aber Braunwart spielte doch Golf", wirft Stüber ein.

„Der und Golf", das Männlein macht wieder die Kreissäge. „Dazu war der Spießer doch viel zu geizig. Hat sich erst heute Vormittag mit seinem Neffen darüber gestritten. Der Alte wurde so laut, das konnte ich sogar bei mir hören. Braunwart warf ihm vor, Golf wäre kein Sport. Nur Angeberei und reine Geldverschwendung. Bin dann reingegangen. War mir zu laut. Später habe ich gehört, wie der Junge mit seinem Sportwagen davongerauscht ist. Hatte es mächtig eilig."

Mehldorn erkundigt sich, ob er noch andere Personen gesehen hat.

„Nein, war doch drinnen. Aber normalerweise kommt nachmittags immer seine Putze, die Frau Weinreich. Echt ´ne gute Seele. Wie die das bei dem ausgehalten hat, ist mir ein Rätsel."

Stüber beendete den Redefluss mit einem: „Das reicht fürs Erste. Melden Sie sich morgen früh im Präsidium und geben Sie ihre Aussage zu Protokoll."

Nachdem der Sturm davon geweht ist, geht der Kommissar auf den Golfbag am Flügel zu.

„Mehldorn, fehlt da ein Schläger?"

„Keine Ahnung Chef. Ich spiele kein Golf. Nicht mal am Computer."

„Mensch Mehldorn, nun stellen Sie sich nicht so an. Die gängigsten Schläger lassen sich doch herausbekommen. Wir müssen wissen, ob ein Eisen fehlt. Prüfen Sie das und sehen Sie zu, dass Sie die Adresse von dem Neffen herausbekommen."

"Geht klar Chef. Ich fange am besten hier drüben an." Mehldorn blickt Richtung Golfplatz.

„Aber lassen Sie sich bloß keinen Anfängerkurs aufschwatzen."

„Warum denn nicht? Ist doch gesund."

Nach der Mittagspause und mit einer köstlichen *Pasta Vongole* im Magen nimmt Stüber an seinem Bürotisch Platz und weckt den Computer. Er startet den Internetbrowser und in dem Moment, wie er die Suchworte ‚Standardbestückung Golfbag' in die Tastatur hämmert, betritt sein Chef, Doktor Meyer-Krefeld, unüberhörbar den Raum.

„Na du lieber Herr Gesangsverein, Sie wollen wohl endlich einer ordentlichen Sportart nachgehen?", kommentiert er die Bilder auf dem Bildschirm.

„Was ist denn an diesem Sport ordentlich?"

Meyer-Krefeld rollt mit den Augen. „Na zum Beispiel die Bewegung an frischer Luft."

Stüber kontert mit „Erstens habe ich noch Sex und zweitens nur ein Polizistengehalt."

Meyer-Krefeld übergeht galant das ‚Erstens' und meint nur. „Mein lieber Kollege Stüber, natürlich muss man sich auch mal was leisten."

„Das, was ich mir hätte leisten können, hat so ein golfspielender Geldheini verbrannt."

„Na das ist ja Ihre eigene Schuld. Keiner muss bei einer Bank Geld verlieren", wird Stüber belehrt.

Der springt vom Stuhl hoch, dass Meyer-Krefeld instinktiv einen Schritt zurückweicht. Mit erhobenen Zeigefinger faucht Stüber ihn an. „Kommen Sie mir nicht mit dieser Nummer. Das ist gar nicht lustig!"

Als die Bürotür laut zufällt, schrecken die beiden Streithähne zusammen. Mehldorn war unbemerkt hereinbekommen und hat sich nun Gehör verschafft. Er wartet eine Sekunde, ehe er weiterspricht.

„Da sich die Herren jetzt hoffentlich wieder auf das Wesentliche konzentrieren können, hätte ich zu dem Fall etwas beizutragen. Jemand interessiert?"

„Reden Sie endlich." Meyer-Krefeld sieht den Assistenten völlig entgeistert an.

"Braunwarts Neffe heißt Benjamin Schrauber. Er ist auch im Geldgeschäft tätig. Arbeitet als Börsenmakler und ist in Finanzschwierigkeiten."

„Sagt wer?", jetzt findet auch Stüber seine Stimme wieder.

„Der Platzbetreiber vom Golfpark. Ein gewisser Robert Green. War ziemlich schlecht auf Schrauber zu sprechen. Der hat angeblich schon lange keinen Mitgliedsbeitrag mehr bezahlt. Green gab mir, ohne dass ich fragen musste, Schraubers Adresse."

Mehldorn erhält von Meyer-Krefeld ein anerkennendes Schulterklopfen. „Gute Arbeit Herr Kollege. Da könnte sich Ihr Vorgesetzter mal ´ne Scheibe davon abschneiden. So geht gründliche Polizeiarbeit. Und übrigens Stüber: Ich spiele gern Golf und Sie werden´s nicht glauben, auch ich bin kein Millionär und habe sogar noch Sex", spricht es und ist schon durch die Tür verschwunden.

„Was war das denn eben?", auf Mehldorns Stirn tanzen lauter Fragezeichen.

„Was das war? Weiß nicht. Jedenfalls wissen wir jetzt, dass der Meyer angeblich noch vögeln kann."

„Und wir wissen noch was Chef. Es fehlen keine wichtigen Schläger in der Tasche. Das hat mir der Green bestätigt, als ich sie ihm zeigte."

„Sie haben was? Ich denke, die Tasche ist längst in der KTU!", regt sich Stüber auf.

„Nun beruhigen Sie sich doch. Ich habe Green ein Foto gezeigt", dabei zieht Mehldorn sein Handy aus der Tasche.

„Da habe ich doch glatt wieder den Sherlock Holmes in Ihnen vergessen. Los jetzt, schnappen Sie sich die Autoschlüssel. Wir knöpfen uns jetzt mal das Jüngelchen vor."

Benjamin Schrauber öffnet den beiden erst nach sehr langem Klingeln und Klopfen.

„Sie wünschen?", seine Stimme klingt nuschelig. Eine üble Alkoholfahne schlägt den Polizisten entgegen.

„Herr Schrauber?"

„Wer will das wissen?"

„Hauptkommissar Stüber, Mordkommission, wir müssen mit Ihnen über Otto Braunwart reden." Schrauber sackt bei diesen Worten in sich zusammen, wie eine aufblasbare Figur, der man den Stöpsel gezogen hat.

„Ich war es nicht", kraftlos taumelt er zurück in seine Wohnung. Die Polizisten sehen sich verwundert an und folgten ihm.

Schrauber stammelt, hat Mühe die richtigen Worte zu finden „Wir haben uns über Geld gestritten. Ich wollte mir was von ihm pumpen. Er hat aber nicht mit sich reden lassen. Da bin ich wütend abgehauen und an der Tür fast mit seiner Putze zusammengestoßen. Sie kann bezeugen, dass der Alte da noch lebte. Bitte, das müssen Sie mir glauben. Ich würde doch nie meinen Onkel töten."

Benjamin Schrauber beginnt zu heulen. Stüber schüttelt den Kopf. Da entdeckt er die Sportschuhe. Ein Blick auf die Sohlen genügt ihm.

„Herr Schrauber, ich verhafte Sie wegen des dringenden Verdachtes der Tötung des Herrn Braunwart. Mehldorn, packen Sie den da ein. Alles Weitere klären wir auf dem Revier."

Drei Stunden später im Vernehmungszimmer. Stüber tigert genervt vor Schrauber auf und ab.

„Kommen Sie Schrauber! Sie haben mächtig viel Geld verzockt und wollten es sich von Ihrem Onkel leihen. Der hat Ihnen aber eine Abfuhr erteilt und da haben Sie ihm eine übergezogen. Wir haben ihren Schuhabdruck im Garten gefunden. Ihre Golfschläger werden gerade untersucht. Wenn sich da Blut findet ..."

„Ich war es nicht. Er war schon tot, als ich zurückkam. Wollte doch nur meine Golfschläger holen, die ich bei unserem Streit vergessen hatte. Habe ihn liegen sehen. Bin gleich hingerannt, aber da war nichts mehr zu machen."

Stüber wendet sich Mehldorn zu. „Ein normaler Mensch ruft doch in einem solchen Fall die Polizei. Oder sehe ich da etwas falsch?"

Schrauber springt vom Stuhl hoch, gestikuliert wild in der Luft herum. „Ich weiß auch nicht, warum ich nicht sofort die Polizei gerufen habe. Hab plötzlich die Nerven verloren. Bin einfach zurück in meine Wohnung gefahren und wollte mich betrinken"

„Das ist doch Schwachsinn", Stüber haut mit den Händen auf den Tisch. „Verdammt Schrauber! Geben Sie doch endlich zu, dass ..."

Die Tur geht auf. Waldemar steckt den Kopf herein.

„Stüber, kannst du mal kurz kommen?"

Draußen berichtet er von seinen Neuigkeiten.

„Ich habe an der Wunde auf dem Hinterkopf Spuren eines haushalt-üblichen Reinigungsmittels gefunden. Und außerdem waren da noch zwei Kunststoffborsten."

„Willst du damit andeuten, dass der Braunwart sicher nicht mit einem Golfschläger attackiert wurde?"

„Und auch nicht mit einer Brechstange, einem Amboss oder einer Dampfwalze."

„Und wozu könnten die Borsten gehören?"

„Ich würde sagen, vielleicht ein Besen."

„Du meinst also, der Braunwart ist gegen einen Schrubber gerannt?"

„So ungefähr."

„Danke dir Waldemar. Dann kann ich den ja wieder laufen lassen."

Drinnen schickt Stüber den Schrauber so unvermittelt nach Hause, dass er von Mehldorn entgeistert angesehen wird.

Schrauber macht, dass er wegkommt und Stüber klopft seinem Assistenten auf die Schulter. „Mehldorn satteln Sie die Hühner, wir müssen dringend zu Braunwarts Putze. Heute bin ich mal dran mit Sherlock spielen."

Sie treffen Frau Weinreich in ihrer Wohnung an. Die alte Dame wirkt gefasst und sogar etwas erleichtert, als sich die beiden Herren ausweisen. Unter Tränen bittet sie die Polizisten herein. Im Flur steht eine gepackte Tasche.

„Was haben Sie denn vor, Frau Weinreich? Wollen Sie verreisen?", beginnt Stüber.

Frau Weinreich macht ihrem Namen alle Ehre und schnäuzt hörbar in das gereichte Taschentuch.

„Jeden Donnerstag mache ich bei den Braunwarts sauber. Seit siebzehn Jahren! Erst für die Herrschaften und seit dem Tod seiner Frau nur noch für ihn. Ich war immer pünktlich. Auf mich kann man sich doch verlassen!" Wieder beginnt sie zu weinen.

„Aber heute war es anders, oder?", will Stüber wissen und reicht ihr ein neues Tempo.

„Er war so böse. Seit seine Frau gestorben ist, hat er mich nur noch gepeinigt. Nichts konnte ich ihm recht machen. Heute hat er mich sogar beschuldigt, ihn bestohlen zu haben."

Stüber setzt sich vor Frau Weinreich auf einen Stuhl. „Was soll denn das gewesen sein."

„Irgend so ein grässlicher Spieß. Als wenn ich mir solches Zeug in meine Stube stellen würde", entrüstet sie sich jetzt und heult noch stärker. „Er sagte, er würde mich fristlos kündigen und in mein Zeugnis schreiben, dass ich schlampig arbeite und stehle."

„Das konnten Sie aber nun wirklich nicht auf sich sitzen lassen", entrüstet sich Mehldorn zustimmend.

Die Weinreich strafft ihre Schultern, schnäuzt nochmal laut und heftig und spricht jetzt mit fester Stimme. „Der Kerl hat mich einfach stehen lassen und ist in den Garten zu seinen verfluchten Spießen gegangen."

„Und da sind Sie ihm mit dem Schrubber einfach gefolgt", setzt Mehldorn fort.

Die Dame nickt nur, steht auf, nimmt ihre Tasche und wendet sich zum Gehen.

„Ach Frau Weinreich", gibt Stüber von sich und begleitet die Ärmste hinaus.

Bei Roberto geht es hoch her. Der Wirt ist heute in seinem eigenen Restaurant der Gast und feiert ausgelassen seinen Geburtstag. Etwas abseits vom Trubel sitzen Stüber und Waldemar bei einem Glas Primitivo. Sie prosten sich zu.

„Na Stüber, da dürfte unser lieber Herr Doktor aber zufrieden sein. Aufklärung innerhalb von acht Stunden. Ich glaub, das ist reif fürs Guinnessbuch."

„Mein lieber Waldi, das war aber auch dein Verdienst."

„Na ja, aber immerhin war es diesmal nicht dein Sherlock Holmes - Verschnitt"

Stüber nimmt einen Schluck. Lässt ihn genussvoll durch die Kehle fließen. „Lass mal, der Mehldorn ist schon ein Pfiffikus. Aber gehen wir lieber nochmal ans Buffet. Hast du schon von den Seppioline probiert?"

Waldemar hebt die Brauen. „Den was?"

„Den Minicalamari. Roberto füllt sie mit einer Tapenade aus getrockneten Tomaten, Oliven und einer Spur Knoblauch. Dann legt er sie auf den Grill. Sensationell!"

Waldemar bilden sich Pfützen auf der Zunge. „Mensch Stüber, von dir kann man aber wirklich genießen lernen."

Trio Infernale

Wie besessen sticht Dora Krüger auf ihren Geliebten ein. Blind vor Wut und immer und immer wieder. Der reglose Körper wehrt sich nicht, nimmt geduldig jeden tödlichen Stoß hin. Als ihr Opfer kaum noch als Mensch zu erkennen ist, lässt sie das Messer fallen und rennt hinaus in den Garten, quer über den Rasen in Richtung Tor. Sie bemerkt nicht, dass ihr jemand hinterherruft. Es hatte sie auch nicht stutzig gemacht, als sie bei ihrem Eintreffen die Terrassentür geöffnet vorfand und Frank Wachsmuth wie tot auf dem Boden lag. Ja es kam ihr sogar entgegen, konnte sie doch ihrer Wut und ihrer Enttäuschung freien Lauf lassen.

Als Hauptkommissar Stüber wenig später eintrifft, sieht er ein Bild des Grauens. Das Opfer ist bis zur Unkenntlichkeit zugerichtet, überall Blut und die allzu offensichtliche Tatwaffe gleich neben der Leiche. Von seinem Assistenten erfährt er, dass es sich bei dem Opfer um Frank Wachsmuth handelt. Er war ein sehr erfolgreicher Immobilienmakler und Single. Dabei betrachtet sich Stüber den Tatort und verfolgt mit Argusaugen die Arbeit der Spurensicherung.

„Hast du schon was gefunden Waldemar?", fragt Stüber seinen Freund, der in seinem Schutzanzug aussieht wie ein Marsmännchen.

„Noch nicht, Stüber. Der Typ war äußerst reinlich und wohl auch selten zuhause. Der Kühlschrank ist fast leer und außer zweier gespülter Gläser steht nichts herum. Hier ist es steril wie in einem OP-Saal," gibt der zurück, ohne innezuhalten.

„Steril", äfft Stüber nach. „Wenn man mal von der Sauerei hier absieht."

Er tritt aus der Terrassentür und stiefelt zu einem Beamten, der sich über den Gartenzaun mit einem Nachbarn unterhält.

„Hauptkommissar Stüber", kommentiert er den gezückten Dienstausweis. „Haben Sie gesehen, was hier los war?"

„Oh ja", gibt dieser zu Protokoll. „Da war eine Frau, so Mitte vierzig. Die kam hier über die Wiese gestürmt, überall mit Blut bespritzt. Ich habe sie gerufen, aber die war wie im Trance, hat mich überhaupt nicht registriert. Dann stieg sie in ihren Opel Corsa und raste davon." Mit einer Handbewegung deutet er die Fahrtrichtung an.

„Konnten Sie das Kennzeichen sehen?", hakt Stüber nach.

„Aber klar doch. Habe es sofort aufgeschrieben." Er zückt ein Stück Papier aus der Latzhose und übergibt es.

„Sie sind ein Schatz", bedankt sich Stüber und weist den Beamten an, die Personalien aufzunehmen.

Damit ist für ihn die Sache klar. Der Rest wird reine Routine sein. Der Morgen ist sonnig und klar und so entschließt sich Stüber zu einem ausgedehnten Spaziergang durch den Klarapark. Wozu hat er schließlich einen Assistenten? Er informiert Mehldorn und fordert ihn auf die Fahndung einzuleiten. Dann schreitet er frohen Mutes auf das nahe Ufer der Elster zu und entschwindet.

Es ist schon Nachmittag, als Stüber mit einem leckeren *Saltimbocca da Vitello* im Bauch wieder im Präsidium eintrifft, wo er von Mehldorn schon erwartet wird.

„Hallo Chef, da sind Sie ja endlich. Unser Onkel Doktor hat schon Sehnsucht nach Ihnen."

„Auf die Sehnsucht vom Meyer-Krefeld kann ich gern verzichten", knurrt Stüber zurück.

„Kann aber nicht schlimm sein, der war ganz gut drauf."

„Dann kann er erst recht noch warten."

Mehldorn schüttelt den Kopf. „Mensch Chef, Sie können es einfach nicht lassen. Müssen Sie ihn denn immer piesacken?"

„Macht doch Spaß, oder?", grinst Stüber zurück.

„Naja, Sie werden schon sehen. Irgendwann kommt die Lawine zurück", beendet Mehldorn das Thema. „Wir haben übrigens die Krüger gefunden. Sitzt schon im Verhörzimmer und wartet auf uns."

„Das sagen Sie erst jetzt? Mensch Mehldorn, was haben Sie bloß für Prioritäten."

„Zuallererst das Wohl meines Chefs. Wissen Sie doch."

Dora Krüger sitzt gefasst auf ihrem Stuhl und lässt das Verhör geduldig über sich ergehen. Ja, sie hat ihren Geliebten Frank Wachsmuth erstochen. Er hat es verdient. Wegen ihm ließ sie sich scheiden, hat ihren Mann aus dem Haus gejagt und ihr gesamtes Leben auf den Kopf gestellt. Und dann hat er einfach Schluss gemacht. Ohne plausiblen Grund, einfach so. Nun wusste sie nicht mehr ein noch aus. Sie wollten gemeinsam in ihrem Haus wohnen. Doch sie allein konnte den Kredit nicht mehr bedienen und ihr ehemaliges Traumhaus wurde zwangsversteigert, alles Hab und Gut gepfändet. Ihr blieb nur die Privatinsolvenz. Sie hatte so große Pläne und dann das.

Stüber ist zufrieden. Einen Mord in rekordverdächtiger Zeit aufzuklären ist einfach spitze und ein toter Immobilienmakler ist auch nicht übel. Er hasst diese schmierigen Typen, die nichts anderes tun, als unbedarften Opfern viel zu teure Häuser und sonstige Bruchbuden unterzujubeln. Meistens überschulden die sich auch noch, während die Makler und Banker ihre fetten Honorare mit Schampus begießen. Ihm wird schlecht bei dem Gedanken.

Am nächsten Tag genießt er bei seinem Lieblings-Italiener Roberto, voller Hingabe seine *Spaghetti Carbonara*. Tiefentspannt nimmt er einen Schluck vom *Primitivo* und behält das edle Getränk geraume Zeit im Mund. Dabei überkommt ihn ein Gefühl, als würde ihm ein Engel auf die Zunge pinkeln. Während der Kommissar den Abgang des Weines genießt, bemerkt er an einem Tisch in der Nähe des Einganges zwei Typen, die er hier schon öfter gesehen hat, nur, dass sie sonst eher zu dritt tafelten. Meistens waren sie ziemlich gut drauf und aßen alles andere als Pizza von der Mittagskarte. Ihrem Äußeren nach müssen alle so was wie Banker, Anwälte oder Autoverkäufer sein, passen also zu Stübers Feindbild.

Heute verhalten sie sich deutlich anders, einer schaut sich immer wieder nervös um, während der andere betont leise und ernst auf sein Gegenüber einredet.

Stüber leert genüsslich sein Glas und mustert die beiden so unauffällig wie möglich. Dann kommt Roberto mit der Rechnung.

„Pronto Commissario, alles gut?", erkundigt der sich.

„Molto buono, Roberto", lobt Stüber seinen Freund und weist unauffällig in Richtung der beiden. „Sag mal kennst du die?"

„Ja doch Commissario, die kenne ich schon lange. Der mit den schwarz gegelten Haaren ist Peter Volkert von der Sachsenbank und der andere ist Jens Kauzer. Der ist Anwalt und hat hier in der Nähe seine Kanzlei", antwortet Roberto mit verhaltener Stimme.

„Aber da fehlt doch noch einer, die sind doch meistens zu dritt", hakt Stüber leise nach.

„Ja, der da fehlt ist Frank Wachsmuth, macht in Immobilien und so."

Den letzten Teil des Satzes hört Stüber schon nicht mehr. Robertos Antwort schlägt ein wie eine Bombe. Frank Wachsmuth!

Stüber beeilt sich zu zahlen und lässt den irritierten Roberto mit kurzem Gruß stehen. Er hetzt ins Präsidium und startet seinen Computer. Doch, was der ausspuckt, lässt seine Stimmung schnell wieder abkühlen. Die beiden sind überhaupt nicht auffällig, nach Stübers Meinung einfach nur ganz normale Abzocker, deren Kumpel wegen einer Verrückten in der Hölle schmort. Er loggt sich aus und widmet sich dem täglichen Kleinkram, da fliegt die Tür auf und sein Chef Doktor Meyer-Krefeld stürmt herein. Ohne Gruß poltert der los, als wollte er Stüber an die Gurgel gehen.

„Hauptkommissar Stüber, warum widersetzen Sie sich immerzu meinen Anweisungen?"

Wie immer in solchen Situationen mimt der Angesprochene die besonders coole Sau. „Anweisung? Welcher Anweisung soll ich mich denn Ihrer Meinung nach widersetzt haben?"

„Nun spielen Sie nicht den Ahnungslosen. Ich habe Ihren Kollegen ausdrücklich angewiesen, Sie zu mir zu schicken."

Stüber tut so, als denke er nach. „Ach ja, wie Sie es sagen, ich glaube, er erwähnte so etwas."

„Ihr Glaube ist mir ziemlich egal. Es war eine eindeutige Anweisung", echauffiert sich Meyer-Krefeld weiter.

Stüber lehnt sich gelassen zurück. „Ihre Anweisungen widersprechen sich leider. Ich bin jener gefolgt, der Sie den Namen ‚Verbesserung der Aufklärungsquote' gegeben haben. Ich hatte letztens den Eindruck, das wäre Ihnen besonders wichtig oder irre ich mich da?"

„Stüber, kommen Sie mir nicht so herum. Sie wissen doch ganz genau, was ich meine."

„Das ist das Problem Herr Meyer. Ich weiß es offensichtlich nicht", spielt der Gescholtene weiter die coole Sau und bringt seinen Chef nun endgültig auf die nicht vorhandene Palme.

„Meyer-Krefeld verdammt nochmal. Sie können sich ja nicht mal meinen Namen merken, geschweige denn meine Anweisungen."

Stüber freut sich, dass er es wieder mal geschafft hat. „Darf ich Sie fragen, warum ich Sie denn aufsuchen sollte?"

Meyer-Krefeld winkt ab. „Das hat sich erledigt, ich kann doch nicht tagelang warten, bis der Herr Hauptkommissar gewillt ist, mir die Informationen zu geben, die ich brauche. Nehmen Sie sich ein Beispiel an Kommissar Mehldorn." Spricht es und verschwindet so lautstark, wie er aufgetaucht ist.

Stüber kann sich seine diebische Schadenfreude nicht verkneifen und macht sich quietschvergnügt auf den Heimweg. Es ist zwar noch einige Zeit bis Dienstschluss, aber immerhin hat er ja Anweisung Eins seines Chefs bereits übererfüllt.

Gerade hat er sein Abendbrot vertilgt, es sich gemütlich gemacht und fiebert nun dem Anstoß der Leipziger Rasenballer entgegen, da klingelt das Telefon. Das Display verrät den Anrufer und Stüber plärrt unvermittelt los.

„Mehldorn, sie müssen verdammt gute Gründe haben, mich jetzt zu stören. Wissen Sie überhaupt, was hier heute für ein Spiel abgeht, sie elender Banause?"

„Chef, das weiß ich, aber Banause ist jetzt ziemlich heftig", wehrt sich dieser.

„Na dann eben Ignorant oder einfach nur ..." Stüber sucht nach einem passenden Schimpfwort. „Ach was, kommen Sie schon, bringen wir´s hinter uns."

„Chef, wir haben wieder einen Toten. Es ist ein gewisser Peter Volkert, wahrscheinlich vergiftet." Stüber fährt von der Couch hoch, wie von der Tarantel gestochen.

„Wer? Peter Volkert, sind Sie sicher?"

„Spricht alles dafür, Chef", erwidert Mehldorn die Ruhe selbst. „Kann ich mit Ihnen rechnen?"

„Stellen Sie heute noch mehr so dumme Fragen? Bin unterwegs."

Wie ein Orkan Stärke zwölf wirbelt Stüber auf sein Fahrrad und tritt in die Pedalen, als wollte er seinen Drahtesel für das entgangene Fußballspiel bestrafen.

„Hallo Chef, da sind Sie ja", begrüßt ihn Mehldorn diensteifrig. „Sie sind ja ganz außer Atem. Das kenne ich gar nicht von Ihnen."

„Sagen Sie einfach, was Sie schon wissen und grinsen Sie nicht wie ein halbvolles Sparschwein."

Mehldorn überhört die Retourkutsche und verrät Stüber, dass Volkert vermutlich an Herzversagen gestorben ist.

„Sie haben aber gesagt, er wurde vergiftet", mault Stüber verständnislos.

„Stimmt", gibt Mehldorn zurück. „Sehen Sie die zwei Gläser dort auf der Spüle. Fein säuberlich gespült und laut Ihrem Freund Waldemar ohne Fingerabdrücke."

„Wie bei Wachsmuth", setzt Stüber den Satz fort.

„Genau und nun raten Sie mal, was ich gerade vorhin in Wachsmuths Obduktionsbericht gelesen habe", verkündet Mehldorn mit triumphierenden Unterton.

Stüber rollt mit den Augen. „Sie werden´s mir verraten, oder?"

„Der Wachsmuth wurde zwar übel zugerichtet, aber gestorben ist er daran nicht. Der war nämlich schon tot, als die Krüger ihn malträtierte."

„Waaas?", entfährt es Stüber.

„Genau. Und zwar starb er an Herzversagen, ausgelöst durch Atropin, dem Gift der Tollkirsche und schwer nachzuweisen", schulmeistert Mehldorn nun erhobenen Hauptes.

In Stüber fahren die Gedanken Achterbahn. Das seltsame Verhalten Volkerts zu Mittag lässt ihn nicht los. Ihn beschleicht eine Ahnung.

Er wendet sich unvermittelt an seinen Freund von der KTU, der sich gerade über die Leiche beugt. „Waldemar, kannst du so schnell wie möglich die Gläser nach Resten von Atropin untersuchen?"

„Hab ich schon mal gebummelt, wenn du alter Schnüffler Witterung aufgenommen hast?", augenzwinkelt dieser zurück.

„Kann mich nicht erinnern", kommentiert Stüber einen sanften Knuff in Waldemars Rippen und wendet sich zum Gehen, hält aber kurz inne.

„Ach so Waldi. Weißt du schon so ungefähr, wann sein Zug in Richtung Hölle abging?"

„Ich würde sagen, heute Nachmittag, so zwischen fünf und sieben. Aber Genaueres ..."

„Ja ja, ich weiß schon", wird er von Stüber unterbrochen. „Genauer und so weiter und so fort. Danke dir du alter Quacksalber, das reicht erst mal."

„Und was machen Sie jetzt?", traut sich Mehldorn zu fragen.

„Nicht so blöd rumfragen und den Mörder fangen, bevor der ein drittes Mal Drinks mixt." Damit stürmt Stüber hinaus an den nächsten Polizeiwagen und lässt Mehldorn kopfschüttelnd zurück.

„Geben Sie eine Fahndung raus nach einem Jens Kauzer. Er befindet sich in tödlicher Gefahr. Und halten Sie mich unter dieser Nummer auf dem Laufenden", befiehlt er dem Beamten und reicht ihm seine Visitenkarte. Wenn er sich beeilt, kann er noch die zweite Halbzeit sehen.

Doch auch daraus wird nichts.

Kaum an seiner Tür angekommen klingelt Stübers Telefon.

„Kommissar Stüber, hier ist Polizeiobermeister Kießling. Wir haben den gesuchten Jens Kauzer am Flughafen Leipzig aufgefunden. Sie wollten informiert werden."

Stüber vergisst die zweite Halbzeit. „Bringen Sie ihn bitte schnellstens ins Präsidium. Ich bin gleich dort."

Wieder spielen seine Gedanken verrückt. Was wollte Kauzer auf dem Flughafen und das zu dieser Zeit? Heute Mittag schien es nicht so, als dass er verreisen wollte.

Als Kauzer ihm gegenübersitzt, sieht ihm Stüber an, dass etwas nicht stimmt. Er erweckt nicht den Eindruck eines Bedrohten, und als Stüber bemerkt wie sich Kauzers Hand um den Griff seines Aktenkoffers krampft, beschleicht ihn eine seltsame Ahnung.

„Hr. Kauzer, was ist denn Ihre Meinung zum Ableben Ihrer beiden Freunde?", beginnt Stüber die Befragung, die er fast schon Verhör nennen würde.

Die Antwort kommt ziemlich spontan. „Ich habe viele Freunde. Ich weiß nicht, wen Sie da meinen. Meines Erachtens leben alle noch."

„Na gut, es geht auch anders. Wo waren Sie gestern zwischen siebzehn und neunzehn Uhr?", schaltet Stüber einen Gang höher.

Kauzer spielt immer noch den Ahnungslosen. „Warum wollen Sie das wissen? Und was werfen Sie mir überhaupt vor?"

„Das tut nichts zur Sache, antworten Sie einfach."

„Ich war in meinem Büro und bevor Sie fragen: Allein!", reagiert Kauzer genervt.

„Und wo wollten Sie hinfliegen? Was steht denn auf Ihrem Flugticket?", bleibt Stüber hartnäckig.

Kauzer springt vom Stuhl hoch. „Verdammt nochmal, warum wollen Sie das wissen? Ich bin ein freier Bürger und Ihnen keine Rechenschaft schuldig!"

Dummerweise rutscht Kauzer bei diesem Aufbäumen der Aktenkoffer vom Schoß, fällt herunter und springt auf. Was da zum Vorschein kommt, treibt Stüber ein Grinsen ins Gesicht. Mehrere dicke Bündel Euroscheine kommen zum Vorschein und Kauzers aggressive Stimmung schlägt um, als wäre er vom Blitz getroffen.

„Na da schau her", kommentiert Stüber den Geldregen. „Dafür muss ´ne alte Oma aber ganz schön lange stricken. Welche Bank haben Sie denn ausgeraubt?""

Kauzer fällt wieder auf seinen Stuhl, vergräbt das Gesicht in seinen Händen und Stüber weiß jetzt, dass er kein Opfer, sondern den Mörder vor sich hat. Er beschließt zu bluffen.

„Also los Herr Kauzer. Geben Sie zu, dass Sie Herrn Wachsmuth und Peter Volkert umgebracht haben. Wir haben Fingerabdrücke und Zeugenaussagen, die das bestätigen."

Nun ist Kauzer ganz kleinlaut und erzählt, dass er die beiden Erpresser loswerden musste. Und was Stüber dann erfährt, passt in sein Weltbild wie das letzte Teil in ein Megapuzzle.

Schon jahrelang nutzte das Trio die finanzielle Notlage von Hausbesitzern aus. Wenn Volkert als Kreditberater mitbekam, dass ein Paar mit der Ablösung Probleme hatte, gab er seinem Freund Wachsmuth, dem Inhaber einer Immobilienkanzlei und ausgemachtem Womanizer, einen Tipp.

Stüber ist entsetzt. „Das heißt also, dass Sie sich diejenigen, an denen Sie sowieso schon kräftig verdient haben, auch noch als Opfer ausgesucht haben?"

Kauzer zögert und nickt schließlich. „Frank, also Herr Wachsmuth machte sich dann an die Frau ran und trieb sie mit allerlei blumigen Versprechungen in die Scheidung."

„Lassen Sie mich raten", setzt Stüber fort. „Weil es ja schon finanzielle Probleme gab, musste dann das Haus zwangsversteigert werden."

Wieder ein Kopfnicken. „Volkert beauftragte dafür im Namen der Bank ganz offiziell Wachsmuth´s Kanzlei. Der erledigte das weit unter Wert und ich habe die Objekte dann offiziell gekauft."

Als Stüber weiter erfährt, dass Kauzer diese dann mit ordentlichem Gewinn wieder verkaufte und dazu noch seine Kumpel betrog, indem er noch einen erheblichen Teil für sich abzweigte, wird ihm fast übel. „Was sind Sie nur für eine üble Art von Abzocker. Und nun sind Sie auch noch ein Mörder, denn ich kann mir vorstellen, dass die anderen beiden dahinterkamen."

„Wachsmuth war es, der anfing, mich zu erpressen. Zu meinem Glück kam die Krüger dazu und Volkert schöpfte keinen Verdacht."

Stüber spinnt den Faden weiter. „Aber es war nur eine Frage der Zeit, bis auch er Sie ertappt und da Sie einmal dabei waren ..."

Kauzer senkt den Kopf und Stüber fühlt sich bestätigt und zufrieden. Schließlich gibt es auf der Welt nun drei dieser Aasgeier weniger.

Ein guter Ersatz für das entgangene Fußballspiel.

Sein letzter Akt

Dietmar Hirsch schlendert gelassen und „Don´t Worry, Be Happy" vor sich hin summend in die erste Etage seines Lieblingsetablissements am Wasserturm. Gleich wird Amanda ihn rundum und all inclusive verwöhnen und mit einer Flasche Schampus kann er mit ihr den größten Kreditabschluss seiner Karriere feiern. Gleich heute Morgen hat ein Bote den unterzeichneten Vertrag gebracht, sein Chef hat ihm freundschaftlich auf die Schulter geklopft und eine dicke Bonuszahlung in Aussicht gestellt. Warum also die Mittagspause mit den Kollegen verbringen, wenn doch Amandas Reize rufen?

Immer noch fröhlich summend schwingt er sich in Amandas Appartement und landet zielsicher in ihren Armen. Hirsch mag ihre Formen, auch wenn nicht allzu viel davon echt ist. Aber was soll´s? Schließlich will er sie ja nicht heiraten und ihren Job beherrscht sie meisterhaft. Freilich hat sie ihren Preis und eigentlich könnte er sich Amanda gar nicht so oft leisten. Aber das war einmal. Hirsch muss Amanda nicht mehr kaufen, sie gehört ihm. Tiefentspannt lässt er Amanda beginnen und recht schnell ist es mit der Entspannung vorbei. Wenn sie sich an den richtigen Stellen zu schaffen macht, erreicht die Erregung den kleinsten Muskel. Sie steigert sich bis zum Unerträglichen, um nach einer gefühlten Ewigkeit mit einer gewaltigen Eruption ihren Höhepunkt zu erreichen. So ist es auch heute. Nur dass es der letzte Ausbruch ist, denn zwei Sekunden später ist Dietmar Hirsch mausetot.

„Was für ein schöner Tod," schwärmt Mehldorn und schaut Zustimmung erheischend zu Stüber. Der scheint es zu überhören und beugt sich tief über das Opfer.

„Was sagt dir das, Waldemar?", wendet er sich an seinen Freund von der Spurensicherung. Dabei zeigt er auf die Schusswunde.

„Das kann ich noch nicht genau sagen. Nur eins ist sicher, der Schuss kam aus einiger Entfernung, dort aus Richtung der Seitentür. Und er traf unseren Freund völlig unerwartet. Schau dir mal seinen Gesichtsausdruck an. Dem wurde das Hirn gleich zwei Mal durchgepustet. Nur Letzteres war sofort tödlich."

„Wissen Sie schon, wer es ist?" wendet sich Stüber an seinen Assistenten.

„Es ist Dietmar Hirsch, er ist hier Stammkunde, und wenn er nicht gerade herumvö..., ähm, anwesend ist, verkauft er an große Kunden große ..."

„Halt! Sagen Sie´s nicht", fällt Stüber ihm ins Wort. „Nicht schon wieder ein Geldheini."

„Aber wieso, freuen Sie sich denn nicht?"

„Mehldorn, ich bin Beamter, wie könnte ich mich denn über einen zu Tode gekommenen Bürger der besseren Leipziger Gesellschaft freuen?"

Im Flur des Präsidiums laufen sie ihrem Chef über den Weg, der natürlich schon wieder Stress machen muss.

„Kommissar Stüber, ich erwarte in dieser Sache schnellstmögliche Aufklärung und setzen Sie mich über jeden Schritt ihrer Ermittlungen genauestens in Kenntnis."

„Aber selbstverständlich verehrter Doktor Krefeld. Alle Schritte, sofort."

„Doktor Meyer-Krefeld, so viel Zeit muss sein."

„Selbstverständlich Herr Meyer-Krefeld, die Zeit nehme ich mir." setzt Stüber süffisant nach. „Aber dürfen wir jetzt weiter ermitteln?

Das Opfer ist, beziehungsweise war, nämlich ein angesehener Bürger unserer Stadt."

„Und ob der Hirsch angesehen ist. Schließlich verantwortete er das gesamte Kreditgeschäft unserer Stadtwerke"

„Aber selbstverständlich Herr Doktor Meyer. Und seine Provisionen ließ er verpuffen."

Meyer-Krefelds Gesichtsfarbe beginnt von tiefrot in Purpur überzugehen. „Stüber, ich finde Ihre Arroganz einfach unerträglich."

Jetzt wagt sich Mehldorn an die Frontlinie. „Aber Herr Doktor Meyer-Krefeld, selbstverständlich werden wir mit allem gebotenem Respekt und der nötigen Diskretion ermitteln. Sie kennen uns doch."

„Wenn das nicht wäre, hätten Sie schon lange einen Verweis, wegen ...", Meyer-Krefeld schnappt nach Luft. „Wegen ...", er schnappt noch mal. „Ach, lassen Sie mich doch in Ruhe. Gehen Sie an die Arbeit. Und Stüber", er schaut seinem Gegenüber mit bedrohlicher Geste in die Augen. „Merken Sie sich endlich meinen Namen oder soll ich ihn nochmal buchstabieren?"

Eine unendliche Sekunde später ergreift Mehldorn beherzt Stübers Arm, zerrt ihn zur Seite und legt beschwörend den Zeigefinger an den Mund. Geschwinden Fußes gewinnen sie Abstand.

Dann stößt Stüber seinem Assistenten den Ellenbogen in die Seite. „Danke!"

„Bitte sehr, Sie alter Stänker."

„Was heißt hier Stänker? Jetzt müssen SIE mir den Namen buchstabieren. Aber das können wir auch in angenehmer Umgebung erledigen. Kommen Sie, ich lade Sie ein."

Mehldorn bleibt abrupt stehen. „Sie wollen sich tatsächlich Ihre Mittagspause mit meiner Anwesenheit veredeln?"

„Weshalb nicht? Wir haben doch was zu feiern - oder?"

Nach köstlicher *Pasta al Forno* und mit dem obligatorischem Glas *Primitivo* in der Hand lehnt sich Stüber zufrieden zurück. „Mensch Mehldorn, Sie wissen gar nicht, was Ihnen damit entgeht."

„Oh doch. Eine Abmahnung wegen Alkohol im Dienst."

„Wer trinkt denn hier Alkohol? Das hier ist der köstlichste Traubensaft, den ich kenne".

„Sie müssen´s ja wissen."

„Ach Mehldorn, lassen Sie doch einem alten Schnüffler seine Freude. Aber apropos Freude: Bei aller Euphorie über einen toten Banker, der zugegebenermaßen so einen schönen Tod gar nicht verdient hat, was schlagen Sie als nächsten Schritt vor?"

„Ich habe mir schon die Liste der, ähm, Angestellten geben lassen und Amanda, die Dame von Hirsch´s letztem Akt, stand unter Schock und liegt im Elisabeth-Krankenhaus."

„Um die müssen wir uns zuerst kümmern. Am besten Sie fahren gleich hin. Halten Sie aber Ihr Testosteron unter Kontrolle."

„Dann sollten vielleicht Sie den Job übernehmen, da ist ja nichts zu befürchten."

„Mensch Mehldorn, das war aber jetzt respektlos!"

So geht es noch eine gute Weile hin und her, bis Roberto die Frotzelei mit der Rechnung beendet. „Also auf," gibt Stüber das Signal zum Aufbruch. „Ich werde mich dann mal im Haus des Geldes umhören. Gut, dass ich mit *Primitivo* gedopt bin."

„Und wie wollen wir das unserem Onkel Doktor im Präsidium verklickern?"

Jetzt ist es an Stüber, der seinem Assistenten den Ellenbogen in die Seite stupst. „Damit wollen wir doch gar nicht erst anfangen - oder?"

Als der Kommissar mit seinem alten Diamant-Fahrrad an der Hauptfiliale der Sparkasse in der Löhrstraße vorfährt, ist es schon früher Nachmittag. Schließlich musste das warme Frühlingswetter für einen Umweg durch den Klarapark genutzt werden. Die Zeiten sind vorbei, dass sich Stüber durch einen übereifrigen Chef durchs Revier hetzen lässt, zumal noch einen aus dem Westen. Bedächtig schließt er sein Fahrrad an einem Laternenmast an und betritt die Filiale.

Darin erwartet ihn angenehme Kühle. Meterhohe Grünpflanzen geben dem Sichtbeton eine Nuance Natürlichkeit. Glastische und Sitzgruppen aus feinstem Nappa verleihen der Halle die gebotene Eleganz. „Na da können sich die Damen und Herren des *Premium Banking* ja ordentlich entspannen", murmelt Stüber in seinen nicht vorhandenen Bart.

Hinter dem Tresen begrüßt ihn eine attraktive Mittzwanzigerin, die blondierten Haare kess zu einem asymmetrischen Pferdeschwanz gebunden. „Guten Tag. Was kann ich für sie tun?"

Stüber schluckt, denn wenn er eins nicht abkann, dann diese aufgesetzte Nettigkeit. So freundlich wie nur möglich knurrt er seinen Namen zum gezückten Dienstausweis und entschließt sich erstmal zu bluffen. „Hauptkommissar Stüber, ich möchte Herrn Dietmar Hirsch sprechen. Der arbeitet doch bei Ihnen?"

Die Dame schaut leicht irritiert auf den Ausweis und fingert nervös an ihrer Computertastatur. „Um Gotteswillen. Was ist denn passiert?", will sie wissen, während sie weiter in irgendeiner Übersicht sucht.

Stüber gibt den Gelassenen. „Es kommt drauf an."

Einen Moment später schüttelt die Dame den Kopf. „Tut mir leid, aber Herr Hirsch ist von der Mittagspause noch nicht zurück."

Mit einem demonstrativen Blick zur Uhr entgegnet Stüber, dass die Pause aber ganz schön ausgedehnt ist. Schließlich ist es schon nach sechzehn Uhr.

„Das kann ich Ihnen nicht beantworten, aber vielleicht hat er ja noch einen Termin", entgegnet die Blondine ganz unglücklich.

Stüber lacht. „Oh ja, der hatte einen Termin. Und was für einen! Dann melden Sie mich bitte bei seinem Chef an."

„Ja haben SIE denn einen Termin?"

Stüber atmet tief durch, ringt um Fassung und schaut ihr bedrohlich in die Augen. „Ich brauche keinen Termin, und wenn Sie jetzt nicht endlich Dampf machen, dann geht hier sowas von die Post ab, das werden Sie bis zum Jüngsten Gericht nicht vergessen."

Zwei Minuten später steht Stüber am Schreibtisch von Holger Krumbiegel. An der Tür steht *Senior Sales Manager*, was immer das bedeuten soll. Angeblich ist er Hirschs Chef und passt natürlich wieder zu Stübers Klischeevorstellung. Edelste Garderobe, Fliege, Einstecktuch und sicher sehr teure italienische Spinatstecher. So bezeichnete jedenfalls Stübers Großmutter einmal seine spitzen Schuhe, die er sich extra zur Jugendweihe schenken ließ.

„Ich bin Hauptkommissar Stüber und möchte Sie zu Herrn Dietmar Hirsch befragen. Sie sind doch sein Chef, oder?"

„Ähm. Ja, ja natürlich. Ich bin der Teamleader und der Dietmar, ähm, ich meine Herr Hirsch ist einer unserer besten Mitarbeiter. Sehr engagiert übrigens. Im nächsten Monat soll er befördert werden. Ist dann Key Account Manager." Erschrocken über seine Auskunftsfreude räuspert sich Krumbiegel und setzt nach. „Was wollen Sie denn über Dietmar wissen?"

Unaufgefordert lümmelt sich Stüber in den Besuchersessel am Fenster. Hier oben in der 15. Etage bietet sich eine prächtige Aussicht über die Innenstadt. Der Uniriese scheint zum Greifen nah und auf dem Bahnhofsvorplatz wimmelt es wie im Ameisenhaufen. Er denkt an die schnöde Aussicht aus seinem Büro und es entwickelt sich immer mehr Groll gegen diese Bankheinis. Bauen sich Paläste, heimsen dicke Honorare ein und treiben arme Schweine wie ihn in den Ruin! Als Holger Krumbiegel gegenüber Platz nimmt, löst er mit Widerwillen seinen Blick und kehrt in die schlechte Wirklichkeit zurück.

„Wann haben Sie denn Herrn Hirsch das letzte Mal gesehen?"

„Heute kurz nach elf", lautet die spontane Antwort.

„Und woher wissen Sie das so genau?"

„Ich kam gerade aus einem Meeting und da begegnete er mir auf dem Flur. Er spielte mit seinem Autoschlüssel. Ich nehme an, er war auf dem Weg in Richtung Mittagspause."

Stüber ist verwundert. „Ist aber reichlich früh für Mittagspause."

„Na ja, ich sage mal so: Für Hirsch war es normal, denn seine Mittagspausen sind immer sehr lang." Dabei senkt Krumbiegel die Stimme und beugt sich etwas zu Stüber, als wäre es ein Geheimnis.

Schließlich erfährt Stüber noch, dass es erst in den letzten zwei oder drei Monaten so extrem wurde und man vermutet, dass sich Hirsch regelmäßig zu einem Schäferstündchen trifft. Aber genau weiß man das nicht und sonst macht Hirsch ja einen super Job. Hat erst am Morgen einen Großkredit abschließen können. „Sonst hätte ich ihm das auch nicht so durchgehen lassen", beeilt sich Krumbiegel noch hinzuzufügen.

„So so", kommentiert Stüber den Redeschwall.

„Darf ich fragen, warum Sie das eigentlich interessiert?", versucht Krumbiegel mit einem demonstrativen Blick auf seine Rolex den Dialog zu beenden.

„Sie dürfen", entgegnet Stüber und erhebt sich.

Krumbiegel ist irritiert. „Und?"

„Na ja, sagen wir mal so. Diese Mittagspause war seine Letzte."

„Wie seine Letzte?"

„Na eben seine Letzte. Außerdem hat der Puff in der Torgauer Straße jetzt einen Stammkunden weniger und seine Lieblingsnutte kann jetzt mittags ein Schläfchen machen."

Krumbiegel springt vom Sessel hoch. „Was wollen Sie damit sagen Herr Kommissar?"

„Erstens Hauptkommissar und zweitens, dass jemand etwas gegen Hirsch hatte und ihm ein bleihaltiges Ticket in die Leichenhalle besorgt hat."

Dem Banker bleibt der Atem stocken. „Wollen Sie damit sagen, der Dietmar wurde erschossen?"

Stüber genießt das Entsetzen des Geldheinis und entgegnet noch lässiger als sonst: „Das wurde er und es war auch sein letzter Akt."

„Wissen Sie schon, wer es war?"

„Nein, aber wir werden es herausfinden. Und jetzt gehen wir in sein Büro und warten dort gemeinsam auf die Spurensicherung."

Zurück im Präsidium wartet schon Mehldorn mit Neuigkeiten von Amanda.

„Und war sie hübsch", will Stüber als Erstes wissen.

„Durchaus. Sieht wirklich gut aus. Aber zum Glück habe ich keine Silikonallergie."

Stüber entfährt ein süffisantes ‚Aha'.

„Ich kann Sie beruhigen, sie ist mir zu teuer", betont Mehldorn.

„Wollen Sie eine Gehaltserhöhung? Wie viel soll´s denn sein?"

Mehldorn legt die Füße auf den Schreibtisch. „Das wird der Staatshaushalt nicht hergeben. Amanda kostet die Stunde 500 Euro."

Stüber springt vom Stuhl. „Was 500 Euro? Der Hirsch war jeden Mittag dort und nicht nur eine Stunde. Das wären ja" - kurze Pause - „im Monat 30.000!"

„Zuzüglich 200 die Flasche Schampus. Die gab es auch bei jedem Besuch. Macht nochmal schlappe sechs Tausender", ergänzt Mehldorn.

„Wir müssen dringend seine Kontodaten prüfen. Ich will wissen, wo der Hirsch so viel Kohle her hat. Kann mir nicht vorstellen, dass der so viel verdient hat. Bei aller Raffgier dieser Gangster. Mehldorn, machen Sie einen Antrag fertig und verklickern Sie das morgen früh dem Krefeld."

„Dem Doktor Meyer-Krefeld", verbessert Mehldorn.

„Von mir aus dem heiligen Papst, Sie ewiger Besserwisser."

„Da ist noch etwas", ergänzt Mehldorn. „Die Amanda schien mir etwas ZU betrübt über einen verblichenen Kunden."

„Mensch Mehldorn, was haben Sie denn erwartet? Der wurde mitten in ihrem Job niedergestreckt. Das würde doch jeden fertigmachen."

„Ich hatte so das Gefühl, da war etwas mehr als eine Kundenbeziehung."

„Wollen Sie damit andeuten, die waren liiert?"

„Nicht direkt", entgegnet Mehldorn. „Ich würde eher sagen, Amanda hatte die Hoffnung, dass Hirsch sie da rausholen wollte."

„Interessant", sinniert Stüber. „Dann hören wir uns doch morgen in dem Tempel der Lust nochmal etwas um. Aber zuvor statten wir Waldemar noch einen Besuch ab. Schönen Feierabend Mehldorn. Und träumen Sie was Schönes."

So war der Plan, aber oft kommt es anders, und noch ehe die beiden die heiligen Hallen der Kriminaltechnik erreichen, läuft ihnen Meyer-Krefeld über den Weg.

„Stüber, wo stecken Sie bloß? Ich suche Sie schon im ganzen Haus."

Der Angesprochene schaut demonstrativ auf die Uhr. „Dafür, dass vor fünf Minuten Dienstbeginn war, sind Sie aber ganz schön flink." Dann lässt er noch „Einen wunderschönen Guten Morgen" folgen und glaubt Meyer-Krefeld nahe am Herzinfarkt.

„Stüber, ich lasse mir diese Respektlosigkeit nicht länger bieten." Er schnappt nach Luft. Inzwischen erinnert die Gesichtsfarbe an das Hinterteil eines Pavians und Stüber kämpft damit, genau dieses Bild aus dem Kopf zu kriegen. Er versucht sich Hundewelpen vorzustellen.

„Stüber", nochmal Luft schnappen, „was fällt Ihnen eigentlich ein, einfach so in die Bank zu gehen und derartige Unruhe zu stiften. Wir leben schließlich in einem Rechtsstaat, also ich zumindest." Damit spielt er wieder mal auf seine westliche Herkunft an, was Stüber besonders an seinem Chef mag.

An Mehldorn gewandt fragt Stüber, ob er schon den Antrag auf Kontoeinsicht ‚bei diesem da‘ abgegeben hat. Dabei zeigt er mit dem Daumen zu Meyer-Krefeld der glaubt, sich zu verhören.

„Wollen Sie damit etwa andeuten, dass Herr Hirsch, der immer noch als ein ehrenwerter Bürger dieser Stadt anzusehen ist und hinterhältig erschossen wurde - wollen Sie damit andeuten, dass dieses Opfer gegen irgendein Recht verstoßen hat? Wollen Sie das wirklich andeuten?"

Stüber schaut ihm in die Augen und muss kurz wegsehen, weil er immer noch dieses Bild im Kopf hat. Hundewelpen ...

„Darf ich Ihnen eine Frage stellen, Herr Meyer?"

Eilends korrigiert Mehldorn. „Meyer-Krefeld, er meint Doktor Meyer-Krefeld."

Der scheint das gerade mal zu ignorieren und wartet auf die Frage.

„Was meinen Sie lieber Herr Doktor, was so ein ehrenwerter Geldhei.., ähm, ich meine Geldverleiher, so im Monat an Zuwendung bekommt?"

„Woher soll ich wissen, wie viel ein Angestellter einer Kreditabteilung verdient. Ist das denn wichtig?", kommt die Antwort wie aus einer Kalaschnikow.

„Ich wollte nicht wissen, was er verdient, sondern wie viel er bekommt. Das ist ein nicht unerheblicher Unterschied", antwortet Stüber seelenruhig, während sich im Gesicht Meyer-Krefelds scheinbar alles Blut aufstaut, was in seinem Körper vorhanden ist.

„Stüber", setzt er an, aber sein Gegenüber, jetzt eine Hand in der Hosentasche fällt ihm ins Wort.

„Wir werden es wohl nie erfahren, aber sicher ist, dass er so an die vierzig Tausender - und jetzt hören Sie gut zu - vierzig Tausender

JEDEN Monat in den Puff gebracht hat. Meinen Sie, das kann sich ein ehrenwerter Angestellter eines Geldladens so einfach leisten?"

Pause.

Immer noch Pause.

Jetzt Mehldorn. „Und sonst lebt er ja auch nicht im Armenhaus. Sportwagen, Appartement in bester Lage und edle Klamotten. Da kommt einiges zusammen."

Während Stüber erleichtert feststellt, dass sich das Blut des Chefs langsam wieder in den Rest seines Körpers verteilt, sagt dieser nun eher formell dienstlich: „Sie wissen SICHER, dass er jeden Monat vierzigtausend fürs Bordell ausgibt?"

„Nicht sicher", übernimmt Mehldorn. „Aber wir wissen, was die Dame kostet und dass er die letzten Monate jeden Tag da war."

„Also gut", lenkt Meyer-Krefeld ein, „von mir aus. Aber Stüber ich sag es nicht nochmal. Wenn Sie noch einmal ohne Absprache ..."

Aber das hört dieser schon nicht mehr, denn er eilt schnurstracks durch die Tür in Waldemars Reich und ist verschwunden.

Inzwischen ist der morgendliche Berufsverkehr vorbei und Mehldorn lenkt den Dienst-BMW zügig in Richtung des Tempels der Lust. Er schaltet die Klimaanlage an und schaut zu seinem Beifahrer. „Also wissen wir nun, dass der Hirsch in letzter Zeit täglich bei Amanda war. Das ist schon sehr beneidenswert."

„Um was beneiden Sie ihn denn? Um seine Potenz, sein Geld oder dass er tot ist?"

„Klar, dass Sie das fragen."

„Wieso klar? Sie stellen immerhin drei Möglichkeiten in den Raum und ich will einfach nur wissen, wie es um meinen Assistenten bestellt ist", tut Stüber ahnungslos.

„Also wenn Sie´s genau wissen wollen, ich meine die Potenz. Bei Ihnen wäre es vielleicht das Letztere", frotzelt Mehldorn zurück.

„Wieso habe ich das Gefühl, dass Sie immer respektloser werden?"

„Das ist doch nicht respektlos. Ich meine es nur gut mit Ihnen. Schließlich bleibt Ihnen dann meine Nähe erspart."

Stüber haut seinem Assistenten herzhaft auf den Oberschenkel, so dass dieser vor Schreck beinahe einen Radfahrer exekutiert. „Mensch Mehldorn, was reden Sie für dummes Zeug. Mit wem soll ich mich denn in der Hölle so schön fetzen wie mit Ihnen?"

„Genau, Sie würden mir auch echt fehlen", erwidert dieser mit einem fast schon verliebten Blick zur Seite. „Aber mal im Ernst", wird Mehldorn ganz dienstlich. „Wir haben laut der Videoaufzeichnungen vier Verdächtige, die alle zur Tatzeit im Hause waren: Amanda, ein zweiter Freier in Action mit einer Dame und ein Pizzabote."

„Plus Nummer fünf den Puffvater - oder wie nennt man den gleich? - also der Chef des Hauses Ralf Müntzer. Er ist ja auch derjenige, der den Mord gemeldet hat", fügt Stüber hinzu.

„Amanda würde ich ausschließen. Erstens war sie grade dabei, den Hirsch zu beglücken und zweitens kam der Schuss aus drei Metern Entfernung. Wie soll das gehen?"

„Das ist der Punkt, Mehldorn. Wie soll das gehen? Ich weiß es auch nicht. In Sachen Beglückung bin ich halt kein Experte."

„Mensch Stüber, tun Sie doch nicht so, als wäre ich der Einzige hier im Wagen, der weiß, was Sex ist."

„Tu ich denn so?", fragt Stüber mit dem Blick eines erstaunten Schulburschen.

„Ja, Herrgott, Sie tun so und ich würde vorschlagen, wir denken lieber darüber nach, wie die Tatwaffe in den Biomüll an der Hintertür gelangte."

„Der Kerl hat verdammt gute Ideen", kommentiert Stüber den Handschlag jetzt auf seinen Oberschenkel.

„Für mich ist der Pizzabote der einzig richtig Verdächtige", sinniert Mehldorn. „Er kommt rein, gibt die Pizzen ab, eilt zu Amandas Zimmer, macht ‚Peng' und verschwindet eiligst über die Hintertreppe. Dort entsorgt er die Knarre in der Tonne und geht quietschvergnügt durch das Foyer wieder raus."

„Und warum sollte er das tun?", rüttelt Stüber an Mehldorns Theorie.

„Wenn wir das wüssten, wären wir schon weiter", gibt sich Mehldorn ratlos.

„Genau. Also schauen wir doch erstmal nach den Alibis der anderen. Bei wem war der Freier und wer hatte Appetit auf Pizza? Und dann können wir uns ja allemal um Ihre wilden Phantasien kümmern."

„Ach Stüber, wann nehmen Sie mich endlich mal ernst?", beschwert sich Mehldorn, während sie in die Einfahrt des Freudenhauses einbiegen.

„Ach Mehldorn, das mache ich doch. Spielen Sie doch nicht den Beleidigten, nur, weil ich nicht glaube, dass ein Pizzabote auch gleich ein Mafiakiller ist."

„Das mit der Mafia haben Sie gesagt."

„Stimmt", entgegnet Stüber und schwingt sich erstaunlich agil aus dem Wagen.

„Hier in der Eisenbahnstraße gibt´s die besten Döner. Sie müssen den mit viel Knoblauch nehmen", belehrt Mehldorn seinen Chef.

„Ja doch Sie Gourmet-Banause. Sonst geht das Zeug ja gar nicht."

„Aber was ist denn schlecht an einem Döner. Viel Gemüse und wenig Fleisch. Ist doch gesund." Herzhaft reißt Mehldorn seinen Schlund auf und schiebt sich, leicht nach vornübergebeugt, den Fladen zwischen Nase und Kinn. Es krümelt und suppt an den Mundwinkeln herab und Stüber bleibt nur ein Kopfschütteln.

Dieser versucht dem Teil mit Messer und Gabel beizukommen, was aber auch nicht besser gelingt. „Roberto bleibt eben Roberto", murmelt er vor sich hin. Als Mehldorn seine Portion bewältigt hat, versucht er einen neuen Anlauf.

„Was den Kreis der Verdächtigen angeht, wissen wir also nun, dass die Person auf dem Video bei Nutte Steffi war. Beide haben ein handfestes Alibi, denn sie waren beschäftigt und hatten Hunger. Die Aufzeichnungen und die Aussage der Hübschen am Empfang beweisen das ja ausreichend."

„Es ist zu dumm", gibt Stüber mit halbvollem Mund zurück.

„Was ist dumm? Dass Sie Döner essen?"

„Nein, dass ich versucht bin, Ihrer Idee mit dem Mafiakiller zu folgen."

„Tja, gute Ideen setzen sich halt durch. Alle anderen scheiden ja auch aus. Der Müntzer wird nicht seinen besten Kunden killen und Amanda kann nicht vögeln und schießen zugleich. Und die anderen haben ein wasserdichtes Alibi", sprudelt es aus Mehldorn heraus, während er sich säubert.

„Der Haken ist nur das Motiv. Mehldorn, überlegen Sie doch mal. Diese Steffi und ihr Freier bestellen eine Pizza. Dann kommt der Bote an, liefert, knallt ab und verschwindet wieder. Warum sollte er das tun? Das ist mir ein bisschen viel Zufall", doziert Stüber und beißt in den Rest seines Döners.

„Und wenn er den Auftrag dazu hatte", kontert Mehldorn.

„Sie denken immer noch an einen Auftragskiller?"

„Warum nicht? Nehmen wir doch mal an, der Hirsch steckt in diesem Wasserwerke-Skandal mit drin."

„Sie meinen dieses gigantische Geldverbrennen von diesem Heininger und seinen Aasgeiern. Mensch Mehldorn, gerade begann der Döner mir zu schmecken." Stüber knallt demonstrativ seine Serviette auf den Stehtisch.

„Chef im Ernst. Nehmen wir doch mal an, der Hirsch steckte da mit drin. Schließlich wissen wir, dass er das Kreditgeschäft der Stadtwerke betreute und die Wasserwerke gehören damit auch zu seinen Kunden. Wie Ihr Freund Waldemar berichtet hat, gab es ja auch keine auffällige Bewegung auf Hirschs Konto."

„Und irgendwoher musste er die Kohle ja herhaben. Vielleicht wollte er einen höheren Anteil erpressen", nimmt Stüber den Faden auf.

„... oder aussteigen", setzt Mehldorn fort.

„Oder das. Dann wäre das nicht nur ein riesiger Finanzskandal, sondern auch ein faustdickes Mordkomplott. Mensch Mehldorn, beten Sie, dass das nicht wahr ist."

„Das Beten überlasse ich dem Papst. Ich halte mich lieber an die Fakten und die besagen, dass Sie sich bekleckert haben."

„Guten Morgen Chef. Kaffee gefällig. Will mir grad einen holen."

„Bringen Sie lieber Schampus. Es gibt gute Nachrichten."

Mehldorn bleibt abrupt in der Tür stehen. „Wieder ein toter Banker?"

„Naja, weniger gut. Nur Ihr angeblicher Mafiakiller im Verhörzimmer."

„Sagen Sie bloß, der Pizzabote ist schon ermittelt? Den haben wir doch erst gestern Abend zur Fahndung ausgeschrieben." Mehldorn hat seinen Kaffee vergessen, schnappt sich Schreibzeug und ist Millisekunden später auf dem Flur. Stüber hastet hinterher und berichtet, dass man diesen schon beim ersten Besuch in der Pizzabude erwischt hat.

Im Verhörraum erwartet die beiden ein blonder Bursche Anfang zwanzig, kurz frisiert und auffällig gut gekleidet. Kein Piercing, kein Tattoo und kein bisschen sonstiger Krimskrams, was sich junge Leute so anhängen. Mit bubenhaftem Blick rutscht er nervös auf seinem Stuhl herum. Die Kriminalisten halten unbewusst einen Moment inne. Einen mafiösen Profikiller stellt man sich halt anders vor.

„Guten Morgen. Bleiben Sie sitzen", kommentiert Stüber das förmliche Aufspringen des Jungen. „Sie wissen, warum Sie hier sind?"

„Ja, Herr Inspektor. Ich denke ich weiß es", spricht der Jüngling und rutscht noch mehr auf seinem Stuhl hin und her.

„Ach so, Entschuldigung. Wir haben uns noch nicht vorgestellt. Ich bin Hauptkommissar Stüber und das ist mein Assistent Kommissar Mehldorn."

„Wenn Sie wissen, warum Sie hier sind, dann erzählen Sie doch einfach mal", setzt Mehldorn nach.

„Wenn ich gestehe, komme ich dann trotzdem ins Gefängnis?"

Stüber verschränkt die Arme und lehnt sich weit zurück. „Das kommt drauf an, was Sie uns gestehen wollen. Am besten Sie beginnen mit Ihrem Namen und dann wird Sie mein Assistent über Ihre Rechte belehren. Ich hole inzwischen Kaffee. Will noch jemand einen?"

Mehldorn nickt und der Bursche bestellt einen Kakao. Vielsagend wechseln die Polizisten einen Blick, dann ist Stüber auch schon auf dem Flur und kann sich das Lachen nicht mehr verkneifen. „Hurra, wir haben einen Mafiakiller. Einen brutalen und skrupellosen Kakaotrinker!" Nein, soll Mehldorn mal seinen Killer alleine befragen, für Stüber ist der Fall klar - der Pizzabote scheidet aus, egal was er gestehen will.

„Und? Wie viele hat der Kerl schon auf dem Gewissen", stichelt Stüber, als Mehldorn wieder im Büro erscheint.

„Jaja, machen Sie sich nur lustig."

„Also die Schlagzeile wäre schon toll. ,Neues vom Kakaokiller' und dann könnte hinterfragt werden, ob er im Knast auf Kakaoentzug gesetzt wird." Stüber muss sich die Lachtränen abwischen.

Die Heiterkeit springt auf Mehldorn über. „Naja, wer kann das schon ahnen. Ein Muttersöhnchen, das Pizza ausfährt."

Stüber muss gleich wieder über den Kakaokiller lachen, während Mehldorn die Rückkehr zur Ernsthaftigkeit versucht. Es gelingt nur mäßig.

„Was hat er denn gestanden", will Stüber dann aber doch wissen.

„Er hat sein Trinkgeld nicht so abgeliefert, wie es in seiner Pizzabude üblich ist und sich immer die Hälfte abgezweigt. Er dachte, es hat ihn einer angezeigt", berichtet Mehldorn nun auch belustigt.

„Und die Details, die er genannt hat, bestätigen sein Alibi. Er hat die Pizza bis an Steffis Tür gebracht und ist anschließend schnurstracks verschwunden. Beim Verlassen berichtet er noch von einem Schrei, konnte ihn aber nicht zuordnen. Das Freudenmädchen hat übrigens auch von „dem Jungen" gesprochen, was wieder beweist, dass es unser Bürschlein war."

Stüber muss schon wieder lachen. „Und hat sie ihm Kakao angeboten?"

Jetzt ist es endgültig vorbei. Die beiden Kommissare liegen vorn übergebeugt auf ihren Tischen und winden sich in Lachkrämpfen.

Es ist genau der richtige Zeitpunkt für das Erscheinen Meyer-Krefelds, der wie immer ins Zimmer stürmt und wie wild drauf lospoltert.

„Die Herren scheinen ja richtig Spaß bei der Arbeit zu haben. Würden Sie mich bitte aufklären, was an einem Tötungsverbrechen so lustig ist."

Nur mit Mühe ringen die beiden um Fassung, wischen sich die Tränen und begegnen Meyer-Krefelds starren Blick.

„Also die Herren, ich höre", hakt Meyer-Krefeld nach.

Mehldorn räuspert sich und berichtet in kurzen Worten, was sie wissen.

„Wollen Sie damit andeuten, Sie haben nur einen Verdächtigen und der läuft auch noch frei herum?", echauffiert sich Meyer-Krefeld und beginnt wieder damit seine Gesichtsfarbe zu ändern. Blitzartig dreht sich Stüber Geschäftstüchtigkeit vortäuschend zur Seite und wühlt in seinem Schreibtisch. Oh nein, nicht schon wieder Hundewelpen!

Und wieder ist es der Assistent, der seinen Chef aus der Schusslinie befördert.

„Herr Doktor Meyer-Krefeld, auch wir sind damit selbstverständlich keinesfalls zufrieden. Wir haben für den Müntzer weder ein Motiv noch einen Beweis."

„Dann suchen Sie gefälligst nach Beweisen. Was denken Sie, wozu wir für Sie die Staatskasse belasten."

Jetzt ist es vorbei, Stüber hat Mühe sich zu beherrschen.

Zu seinem Glück fliegt die Tür auf und Waldemar stürmt frohen Mutes herein, bleibt unvermittelt stehen.

„Tschuldigung, störe ich?"

Meyer-Krefeld ist froh, dass er ein weiteres Opfer gefunden hat.

„Nein, nein Sie kommen gerade recht. Die Herren befinden sich mitten in der Suche nach Beweisen. Vielleicht ist es der Moment, dass Sie endlich wieder ernsthaft - ich betone ERNSTHAFT - weiterarbeiten."

Stüber täuscht einen Hustenanfall vor.

Waldemar wedelt mit einem großen Briefumschlag und wirft ihn schwungvoll in Richtung Stübers Schreibtisch. „Tja, die Herren, dann werfe ich das halt mal in den Ring. Haben wir bei Hirsch in der Wohnung gefunden. War im Bad hinter einer Revisionsklappe versteckt. Dürfte euch interessieren."

„Darf ich erfahren WAS Sie da gefunden haben?", wird jetzt Waldemar von Meyer-Krefeld angeblafft.

„Unterlagen, die den Chef des Puffs betreffen. Alles Weitere ist Eure Arbeit." Spricht es und eilt in Richtung Tür, die er mit einem Zwinkern in Richtung Stüber passiert. „Und tschüss", ist noch zu hören, gefolgt vom Türknallen.

Stüber ist froh, sich endlich auf etwas Anderes konzentrieren zu können und blättert in den Unterlagen. Eiskalt ignoriert er seinen Chef, der bereits an Schnappatmung leidet.

„Stüber Sie gehen zu weit. Das hat Konsequenzen!"

„Genau, das hat es", kommentiert dieser die Ruhe selbst und noch bevor Meyer-Krefeld wieder loslegt, spricht Stüber einfach weiter.

„Mehldorn, wir müssen nochmal los. Ich glaube, wir haben das Motiv."

„Und. Darf ich mehr erfahren", fordert der Chef die Fäuste in die Hüften gestemmt.

„Sie dürfen, aber alles zu seiner Zeit. Jetzt ist Gefahr in Verzug."

Stüber schnappt sich Unterlagen, Jacke sowie Mehldorns Arm und schon steht Meyer-Krefeld fassungslos allein im Raum. Sein ohrenbetäubendes „Sie treiben mich noch in den Wahnsinn!" dringt nicht mehr zu Stüber und das ist auch gut so.

Mehldorn greift das Blaulicht, um es aufs Dach des Dienstwagens setzen.

„Lassen Sie mal. Das heben wir uns für später auf", wird er von seinem Chef gebremst. „Erst mal werden wir den Müntzer ein paar scheinheilig harmlose Fragen stellen."

„Wollen Sie mich auch dumm sterben lassen, Chef?"

„Mitnichten mein Lieber." Stüber wedelt triumphierend mit Waldemars Umschlag in der Luft. „Hier haben wir das Motiv gegen Müntzer. Der hat heftig Steuern hinterzogen und das ist der Beweis. Ich gehe jede Wette ein, dass er von Hirsch erpresst wurde."

„Bleibt noch die Frage, wo Hirsch die Unterlagen her hatte."

„Und damit haben wir die erste scheinheilige Frage an den Herrn."

Während Stüber seinem Assistenten den Inhalt der Dokumente weiter erläutert, brettert dieser durch den abendlichen Berufsverkehr. Als er etwas zu forsch die Einfahrt des Freudenhauses nimmt, muss sein Beifahrer sich festhalten.

„Mensch Mehldorn, man könnte ja denken, hier hat´s jemand besonders nötig."

„Hat Mörderjagd nicht auch was Befriedigendes?"

„Warum sollte ich wissen, woher sich dieser Herr Hirsch sein Geld beschafft hat?", empört sich Müntzer lautstark, als Stüber ihn mit den Fakten konfrontiert.

„Naja sagen wir mal so. Wir wissen, dass Amanda Ihr Haus verlassen und Hirsch sie dabei unterstützen wollte. Kann es nicht sein, dass die beiden unter einer Decke steckten?"

„Amanda hat irgendwie Ihre fragwürdigen Finanzaktionen mitbekommen und dies hier aus Ihrem Büro stibitzt", setzt Mehldorn fort und weist auf die Dokumente.

Durch Müntzer geht ein Zucken, gefolgt von einem seltsamen Blick in Richtung eines großen, dominanten Bildes an der Wand. Es ist eine erotische Zeichnung, sehr filigran und für einen Puff schon fast zu edel. Es ist die Erfahrung aus über dreißig Dienstjahren, die Stüber stutzig macht. Schnurstracks ist er am Corpus Delicti und nimmt es mit spitzen Fingern hoch. Dahinter klebt ein brauner Umschlag.

„Na was haben wir denn da Feines?"

Mehldorn fingert Latexhandschuhe aus seiner Jacke und hilft Stüber bei der Bergung des Fundes während Müntzer das Ganze recht gelassen verfolgt, zu gelassen nach Stübers Meinung.

Als die gleichen Unterlagen zum Vorschein kommen, die bereits im Besitz der Kommissare sind, wird Müntzer dann doch nervös.

„Da ist diese Schlampe in mein Büro eingebrochen und hat mich beklaut. Dafür wird sie büßen."

„Macht das nicht schon der Hirsch?", setzt Stüber süffisant nach.

Jetzt braust Müntzer so richtig auf. „Was haben Sie denn, hä? Was beweist das? Sie können mich beim Finanzamt verzinken, aber einen Mord hängen Sie mir nicht an!"

„Jedenfalls sieht das hier wie eine faustdicke Erpressung aus. Was hat denn der Hirsch als Gegenleistung verlangt?"

„Der wollte nur die Amanda vögeln, weiter nichts", so die spontane Antwort.

„Wirklich weiter nichts? Nur kostenfreie Erektionen? Klingt bisschen mager, meinen Sie nicht auch?", entgegnet Mehldorn mit drohender Mimik.

„Sie können denken, was Sie wollen. Ich bringe doch deshalb keinen Kunden um."

„Ach das sehen wir anders. Es sind schon Leute wegen harmloseren Motiven auf dem Friedhof gelandet."

Stüber wendet sich zum Gehen. „Sie verlassen nicht die Stadt und melden sich jeden Morgen um acht Uhr auf der nächsten Polizeiwache. Wir kriegen Sie Müntzer, da können Sie ganz sicher sein."

„Ich bin kein Mörder!", schreit der den Polizisten hinterher. Aber mit solchen Ausbrüchen bringt Stüber niemand aus der Ruhe.

Schwungvoll nimmt Mehldorn die Ausfahrt, während Stüber über Funk die Beschattung des Puffbesitzers anordnet.

„Warum haben wir den nicht gleich mitgenommen? Das stinkt doch gen Himmel Chef."

„So kriegen wir den nicht. Ich bin mir inzwischen auch sicher, dass er es war. Aber wir haben keinen Beweis. Ich hoffe nur, er macht jetzt einen Fehler."

„Mensch Chef, was sind Sie nur für eine coole Sau. Bin echt beeindruckt!"

„Na, da können Sie mal sehen, was so ´nen alten Schnüffler eben ausmacht. Aber die ‚Sau' hätte ich schon ganz gerne zurückgenommen", gibt dieser augenzwinkernd zurück und nimmt das Telefon ab. Es ist Waldemar.

„Bist du´s Stüber? Können wir reden?"

„Wann konnten wir schon mal nicht reden? Für dich hab ich doch immer Zeit."

„Mann, ich weiß gar nicht richtig, wie ich es dir sagen soll."

„Spuck´s einfach aus, ich sortier´s mir schon, mein Freund."

„Naja, also das mit den Videobändern ist ja so ´ne arschlangweilige Sache. Da hab ich meinen Praktikanten drauf angesetzt."

„Lass mich raten", fällt ihm Stüber ins Wort. „Und der hat den Mörder gesehen."

„Eben nicht, aber vielleicht einen wichtigen Hinweis übersehen. Am Anfang zumindest."

„Waldemar, du versetzt mich mehr in Spannung wie Amanda unseren Freund Hirsch, als der noch konnte", gibt sich Stüber ungeduldig.

„Also, weil doch der Meyer-Krefeld vorhin so einen Rabatz gemacht hat und ihr mir ziemlich leidgetan habt, habe ich Nico, das ist der Praktikant, nochmal auf die fragliche Zeit angesetzt."

„Wir haben dir leidgetan? Waldi, du hast ein großes Herz."

„Stüber nun lass mich doch mal reden oder willst du keinen Beweis?"

„Was? Du hast einen Beweis?", ist Stüber so aus dem Häuschen, dass Mehldorn fast über eine rote Ampel rauscht.

„Naja, dem Nico ist es ja ganz peinlich, dass er das nicht gleich bemerkt hat. Jedenfalls ist ihm bei der Parkplatzaufnahme aufgefallen, dass das Moped des Pizzafahrers von einem Bild zum nächsten verschwunden ist. Gerade so, als hätte er sich in Luft aufgelöst."

„Ist ja seltsam. Habt ihr schon eine Erklärung?"

„Du kennst mich doch, so was lässt mir keine Ruhe. Also haben wir das Band genauer unter die Lupe genommen und siehe da, wir haben einen Sprung im Timecode entdeckt. Und genau zur selben Zeit ist der Sprung auch auf dem anderen Band vom Foyer", berichtet Waldemar nun schon fast euphorisch.

„Das heißt also", kombiniert Stüber, „jemand hat beide Bänder zurück gespult um etwas zu löschen, was ihm zum Verhängnis werden kann."

„So sehe ich es auch. Und nun seid ihr wieder dran."

„Waldi du bist ein Schatz. Wenn´s das ist, gehen wir heute Abend essen."

„Ich nehm dich beim Wort, alter Schnüffler."

Inzwischen hat Mehldorn zum Blaulicht gegriffen und schaut fragend zu seinem Chef. „Müntzer?"

Stüber überlegt noch. „Wenn der von seinem Büro zu Amandas Dienstzimmer will, wo genau muss er da lang?"

„Der hat sein Büro im Erdgeschoss neben der Rezeption. Schräg rüber ist die Treppe zum Obergeschoss und Amanda werkelt ganz hinten neben dem Treppenhaus."

„Also muss er quer durchs Foyer und kann dabei gefilmt werden", spinnt Stüber den Faden weiter.

„Genauso ist es und die Videoanlage steht bei ihm im Zimmer. Er geht also ganz ruhig zu Amanda, knallt den Hirsch ab, entschwindet über die Hintertreppe auf den Hof, wo er die Waffe in der Tonne versenkt. Dann kommt er zurück, hört Amandas Schrei und gibt an, sich um die Polizei kümmern zu wollen. Die ruft er aber erst, als er die Bänder zurückgespult hat."

„Nur zu dumm, dass er den Pizzaboten nicht bemerkt hat. Mehldorn das ist der Beweis. Geben Sie Gas und setzten Sie das Ding aufs Dach."

Als die Polizisten wenige Minuten später mit Blaulicht in der Einfahrt erscheinen, steht Volker Müntzer hinter dem Fenster und weiß sofort Bescheid.

„Verdammt, die schon wieder. Elende gequirlte Scheiße!"

Blitzschnell geht er zum Tresor, schnell zwei Bündel Scheine sowie die Schlüssel vom 911er gegriffen und ab durchs Foyer. Er hastet durch den Flur zum Hinterausgang. Ein Freier kommt aus einem Zimmer und springt erschrocken zur Seite. „Eh, was ist denn hier los? Sind wir hier etwa im Fitness-Studio?", ruft er dem Flüchtigen hinterher. Unbeeindruckt drückt dieser mitten im Lauf auf die Fernbedienung seines Porsche. Aber er kommt nicht weit.

Als er die Tür erreicht und nach draußen tritt, schaut er in Mehldorns Dienstwaffe.

„Commissario stimmt´s, heute gibt es was zu feiern?", ist Roberto ganz aufgeregt.

„Woher willst du wissen, dass es was zu feiern gibt?", mimt Stüber den Erstaunten.

„Na immer, wenn ihr hier zu dritt auftaucht, habt ihr doch einen Mörder gefangen. Und war es wieder ein Geldmensch?"

„Heini, Roberto, ein Geld-HEINI. Und was für einer."

„Das war sogar ein Weiberheini", ergänzt Mehldorn.

„Es kam gerade in den Nachrichten. Da hat ein Doktor Meifeld - oder so - ein Interview gegeben und gesagt, dass er den Mörder eines Dietmar Hirsch verhaften konnte."

Stüber lehnt sich zurück, hebt sein Glas und prostet seinem Freund zu.

„Na da siehst du mal Roberto, wer hier wirklich Mörder fängt."

NasenStüber

Der Wagen lauert verdeckt in einer Parklücke. Straße und Fußweg sind wie leergefegt. Selbst in den Restaurants ist um diese Zeit kein Mensch mehr. Ein Pärchen hastet durch den nächtlichen Novemberregen. Sie bemerken die Person in dem Fahrzeug nicht.

Ein Mann wartet, dicht gepresst an die Häuserwand, in Sichtweite des Fahrzeugs auf dem Fußweg. Er trägt einen langen Mantel, den Kragen zum Schutz gegen den Regen aufgestellt. Ein Blick auf die Uhr. Sein Termin ist erst in einer viertel Stunde und bis zum vereinbarten Treffpunkt sind es nur fünf Minuten. Reichlich Zeit für eine Zigarette. Das Aufblitzen des Feuerzeuges reißt für einen kurzen Moment sein scharf geschnittenes Gesicht aus der Dunkelheit. Der Person hinter dem Lenkrad schwirren Bilder im Kopf herum. „Fehlt nur noch der breitkrempige Hut. Steht da wie Detektiv Marlowe", hört sie sich murmeln. Dann startet sie den Motor und gibt Gas. Der Wagen springt förmlich aus der Parklücke, rast genau auf den Mann zu.

Privatdetektiv Manfred Greifers Reflexe sind noch immer vom jahrzehntelangen Polizeidienst geschult. Bevor ihn der Wagen erreicht, kann er sich mit einem sehr beherzten Sprung durch die Scheibe eines Restaurants retten. Bei dem Versuch, sich abzurollen, prallt er hart gegen ein Tischbein und bleibt benommen im Scherbenhaufen liegen. Er braucht nur einen kurzen Moment, um wieder klar zu werden. Doch als er die Augen öffnet, weiß Greifer, dass es eine Sekunde zu lang war. Der Detektiv blinzelt in ein Gesicht. Stahlblaue Augen funkeln ihn an. Diese Augen! Greifer weiß, wo er die schon einmal gesehen hat. Weiter kommt er mit seinen Gedanken aber nicht. Die Person über ihm hält eine lange Glasscherbe in ihrer Hand und rammt sie in seinen Hals. ‚Ich hätte in die andere Richtung springen sollen', ist das Letzte, an das Manfred Greifer denkt, bevor er verblutet.

Kriminalhauptkommissar Stüber hat der Ordnungswahn heimgesucht denn uralte Ermittlungsakten haben sich in seinem Büro angesammelt. Einige hält er bereits im Arm, weitere fischt er aus dem Schrank hinter der Tür. Die wird urplötzlich aufgerissen und trifft ihn hart an der Schulter. In einer artistischen Meisterleistung, mit der er in jedem Zirkus tosenden Beifall bekommen hätte, gelingt es ihm, alle Ordner festzuhalten und sieht sich seinem Kollegen gegenüber.

„Mensch Mehldorn haben Sie Jagdwurst gefrühstückt oder ist der Teufel hinter Ihnen her?"

„Tschuldigung Chef. Ich konnte doch nicht ahnen, dass Sie hinter der Tür stehen."

„Schon gut. Strecken Sie mal Ihre Arme aus."

Leicht irritiert tut Mehldorn wie ihm geheißen, und ehe er sich versieht, landen die Akten in seinen Armen. „Bringen Sie die mal in das Archiv. Da frisst schon der Wurm dran."

Ein einzelnes Blatt schwebt von Mehldorns Armen auf den Boden. Als sich Stüber danach bückt, rauscht Doktor Alois Meyer-Krefeld, der Leiter der Leipziger Mordkommission, mit einem „Guten Morgen die Herren" herein und knallt Stüber die Tür nun endgültig vor die Nase. Dieser geht mit einem dumpfen Stöhnen zu Boden, wo sich umgehend Blutstropfen versammeln.

„Ich ahnte es, der Teufel", flucht er vor sich hin.

„Stüber, was verstecken Sie sich denn hinter der Tür? In Ihrem Alter sollte man solche Spielchen doch schon hinter sich haben."

Wenn Blicke töten könnten, Meyer-Krefeld wäre jetzt einen sehr schnellen Tod gestorben. Stüber taumelt zum Bürostuhl. Nun wird auch Hemd und Hose beträufelt.

„Mein Gott Stüber. Sie bluten hier ja alles voll. Kommissar Mehldorn reichen Sie Ihrem Kollegen doch mal ein Tempo."

Der weist mit einem verstörten Blick auf die Akten in seinen Armen. „Keine Hand ..."

„Mehldorn! Machen Sie was Sie wollen, aber helfen Sie endlich Ihrem Kollegen." Dann entschwindet der Chef der Mordkommission mit einem ‚Ich kann kein Blut sehen' genauso schnell, wie er aufgetaucht war. Mehldorn schaut ihm völlig konsterniert hinterher.

„Haben Sie das gehört? Er kann kein Blut sehen?"

Laut prasselt der Regen gegen Stübers Wohnzimmerfenster. Er hat es sich einigermaßen bequem gemacht. Mit einem Eisbeutel an die Nase gepresst, lässt sich der Schmerz einigermaßen ertragen. Als Trost gönnt er sich ein kaltes Wernesgrüner und wartet gespannt auf den Anpfiff.

Gerade als das Spiel beginnt, klingelt das Telefon. Auf dem Display steht ‚Unbekannt'. Mit einem Fluch auf den Lippen greift er zu.

„Stüber."

„Hallo, sind Sie es Commissario?"

Der Kommissar erkennt den unverwechselbaren Akzent. Es ist sein Freund und gar nicht zufällig der Besitzer seines Lieblingsrestaurants.

„Roberto?"

„Commissario? Sind sie das? Sie klingen so anders."

„Kann sein, hab was an der Nase. Wie kann ich helfen? Rezept vergessen?"

Roberto lacht kurz, um sogleich wieder ernst zu werden. „Na wenigstens haben Sie Ihren Humor noch. Aber entschuldigen Sie

die Störung. Ich habe ein, ähm, wie sagt man? Ein Problem …
chen?"

„Hat dein Problem … chen nicht noch etwas Zeit Roberto? Bei mir
ist es gerade ganz ungünstig", wieder tastet Stüber seine Nase ab.

„Commissario, bitte kommen Sie zu mir. Glauben sie, es ist wirklich
dringend", fleht es am anderen Ende der Leitung.

„Also gut, ich sattle die Hühner."

„Gracie Commissario", Roberto legt auf und der Kommissar
gnubbelt wieder seinen geschundenen Riecher.

„Du hast was gemacht?" Stüber blickt auf die Kamera in Robertos
Händen. „Roberto, das ist verboten. Heimliche Videoüberwachung
von öffentlichen Räumen ist illegal!"

„Ich weiß Commissario. Aber ich wollte doch nur die Zechpreller
erwischen. Dann hätte ich sie wieder abgebaut. Wirklich. Und nun
das." Der Wirt sieht sich in seinem Gastraum um. Noch immer liegen
vereinzelt Glassplitter herum. Tische und Stühle sind zur Seite
geschoben und vor dem zerstörten Fenster hängt eine Plane.

„Ja, tragische Sache. Hab gestern noch davon gehört, bevor mich
die Tür getroffen hat. Sieht wohl nach einem Unfall aus."

Robertos Gesicht verformt sich, als hätte er in eine Zitrone gebissen.
Fast flüstert er: „Es war kein Unfall. Man kann die Tat genau sehen."

Stüber schüttelt zweifelnd den Kopf. „Wenn das stimmt, musst du
den Film als Beweismittel übergeben."

„Aber das ist doch mein Problem. Den Film darf es doch gar nicht
geben, Commissario. Sie haben doch selbst gesagt, dass es

strafbar ist. Ich wollte das Ganze einfach verschwinden lassen und basta."

„Und warum tust du es dann nicht?"

„Weil ich denke, es würde Ihnen helfen. Es sieht aus, als wäre es eiskalter Mord."

Stüber hält inne und schaut dem Italiener in die Augen. „Es war ein Mord?"

„Ja doch Commissario, man kann es genau sehen", beteuert Roberto mit original italienischer Gestik.

„Gut, wenn das so ist, dann haben wir ein Problem. Du hast eine Aufnahme, die ein Beweis wäre. Damit werden wir aber nicht durchkommen, weil sie erstens illegal gemacht und zweitens als Beweismittel unterschlagen wurde", referiert Stüber, während er wieder seine Nase befühlt.

Roberto gestikuliert nun wie wild. „Genau. Und jetzt wissen Sie, warum ich Sie angerufen habe. Ich will Ihnen nur helfen. Sie müssen ja nicht zugeben, woher Sie das wissen."

„Ich bin Polizist. Du hast mir davon erzählt, also kann ich nicht so tun, als wüsste ich nichts."

„Aber Sie haben gesagt, dass Sie krankgeschrieben sind. Somit sind Sie jetzt nicht im Dienst."

„Das tut jetzt nichts zur Sache Roberto. Einmal Polizist, immer Polizist."

„Bitte. Warum nehmen Sie meine Hilfe nicht an?". Robertos Stimme nimmt jetzt einen flehenden, beinahe weinerlichen Ton an.

Stüber knubbelt immer noch an seiner Nase herum. „Verdammt Roberto, du bringst mich in Teufels Küche." Er atmet tief durch. „Also gut. Zeig mir mal die Aufnahmen."

„Moin Mehldorn."

„Morgen Chef, was machen Sie denn hier. Ich denke, Sie sind im Krankenstand."

„Kann doch meine Familie nicht so lange allein lassen."

„Familie", Mehldorn sieht seinen Chef direkt an, „Ihnen fällt wohl eher die Decke auf den Kopf."

„Wie auch immer. Was gibt es Neues?" Und ehe Mehldorn antworten kann: „Erste Erkenntnisse zu dem Toten aus der Mozartstraße?"

„Seit wann interessieren Sie sich denn für Unfälle?"

„Mein lieber Mehldorn. Sagen wir mal so: Meine Nase sagt mir, an dem Unfall ist was faul."

„Seit wann kann denn Ihre Nase was sagen?"

„Heute waren es wohl Scherzkekse zum Frühstück? Sie sollten …"

Die Tür fliegt auf, trifft Stüber in den Rücken und befördert ihn zwischen Aktenschrank und Tür.

„Mehldorn haben sie …" Meyer-Krefeld erstarrt in seiner Bewegung, als ob er gegen eine unsichtbare Wand gelaufen ist. Er fixiert überrascht Mehldorn. Dann entdeckt er Stüber hinter der Tür.

„Das ist nicht lustig Kommissar Stüber. Sie stehen ja schon wieder hinter der Tür. Hat Ihnen der eine Stups nicht genügt? Warum sind Sie überhaupt hier? Hat der Arzt Sie nicht stillgelegt?"

Stüber unterdrückt einen Wutanfall während Mehldorn für seinen Kollegen einspringt: „Wir fachsimpeln gerade über den Fall Scheibensprung."

„Den Unfall?"

„Genau. Einige Umstände daran riechen komisch."

„Riechen, soso." Meyer-Krefeld betrachtet Stübers Nase, „Tut es noch weh?"

„Nur, wenn ich lache oder mich aufrege."

„Na da kann Ihnen ja hier nichts passieren. Was ich sagen wollte, Mehldorn, wenn Sie genug geschnüffelt haben, bringen Sie mir bitte die Akte der Roswein. Schönen Tag noch", sind die letzten Worte, bevor die Tür wieder ins Schloss knallt.

„Da geht er hin."

„Er verduftet praktisch."

„Das mit dem Scherzkeks hatte ich schon erwähnt oder?"

„Hatten Sie. Und jetzt erzählen Sie mir mal, warum Sie denken, dass an dem Unfall etwas faul gewesen sein soll."

Stüber setzt sich und nimmt eine verschwörerische Haltung ein. „Mehldorn sie müssen mir aber versprechen, es vertraulich zu behandeln. Ich stehe im Wort."

Mehldorn hebt die Finger zum Schwur, und während Stüber von Roberto und den Aufnahmen erzählt, sinkt er immer tiefer in seinen Stuhl. Am Ende ist er der Dritte, der weiß, dass sie eine ungefähr eins-siebzig große, sportliche Person finden müssen, von der sie nicht wissen, ob es ein Mann oder eine Frau ist und die das Opfer mit einem weißen SUV, von dem sie Marke und Kennzeichen nicht wissen, erst umnieten wollte und dann mit einer großen Glasscherbe kaltblütig ihr teuflisches Werk vollendet hat.

Die Melodie des Telefons lässt den Chef der KTU von seinem Mikroskop hochschrecken. „Hallo Waldemar ich könnte mal deine Hilfe gebrauchen."

„Stüber? Bist du das? Du klingst fast wie Nick Tschiller." Dabei muss sich Stübers Freund fast ein Lachen verkneifen.

„Hab einfach Sehnsucht nach dir. Hast du schon den Scheibensprung ausgewertet?"

„Was für einen Seitensprung?"

„SCHEIBE Waldemar, Scheibensprung, Mozartstraße, toter Mann. Na, klingelt es?"

„Ach der Unfall. Klar habe ich. Herzhafter Sprung, schlechtes Timing beim Landen. Tiefer Schnitt am Hals, die Scherbe steckte noch. Das war's dann auch mit der Aorta. Warum willst du das wissen?"

„Weil ich vermute, dass es kein Unfall war."

„Sag ich doch, ein Unfall."

„KEIN Unfall Waldemar. Red´ ich chinesisch oder was?"

„Erstens hast du schon mal deutlicher gesprochen und zweitens frage ich mich, was dich da so sicher macht?"

„Hast du dir schon mal überlegt, warum ein Mann einfach so durch eine Scheibe springt?"

„Bin ich Polizist oder du? Ich habe nur das Ergebnis auf dem Tisch.“

„Genau. Also schau dir doch die Scherbe noch mal genauer an. Vielleicht findest du ja Fingerabdrücke darauf. Mach's für mich. Danke.“ Stüber legt auf, bevor Waldemar noch etwas erwidern kann und wendet sich wieder Mehldorn zu.

„Also dann machen Sie sich mal in die Spur und sehen Sie zu, was Sie über das Opfer herausbekommen. Soziales Umfeld, Freunde, Feinde, das volle Programm. Und ich geh dann mal wieder meinen Riecher kühlen.“

„Meinen Sie, das wird dem Onkel Doktor gefallen?“, hakt Mehldorn sicherheitshalber nach.

„Der wird sich freuen, dass ich seine Anweisungen befolge.“

„Nein ich meine unseren Chef. Der wird sicher nicht davon begeistert sein, wenn wir der Intuition einer lädierten Nase nachgehen.“

„Vertrauen Sie mir und erzählen Sie dem Meyer-Krefeld, was Sie wollen. Ich hör's ja nicht.“

Gespannt lauscht Stüber dem Bericht seines Assistenten. „Der Tote heißt Manfred Greifer, Privatdetektiv. Er lebte allein, keine Angehörigen. Die Kollegen waren schon bei ihm in der Wohnung. Nichts Auffälliges, sein letzter Auftraggeber war ein gewisser … “, Mehldorn blättert in den Aufzeichnungen, „… ach hier steht es ja, Konrad Otto von Reichenhall, Juwelier, Laden hier in der Innenstadt.“

„Dann, mein lieber Mehldorn, fangen wir doch mal bei Herrn von Reichenhall an. Vielleich kann uns der Herr ja verraten, womit Greifer gerade beschäftigt war.“

„Sie sind doch aber krankgeschrieben“, widerspricht Mehldorn.

„Mein lieber Kollege. Sehen Sie nicht, wie ich laufen kann? Und außerdem besteht die höhere Lebensgefahr hier im Büro."

Die Auslagen in von Reichenhalls Geschäft zeigen deutlich die Zielgruppe. Neben edlem Goldschmuck und echten Perlenketten liegen Uhren ohne Preisschilder. Für Stüber ein Zeichen, dass er als Käufer wohl nicht in Frage kommt.

Beim Betreten ertönt ein helles Glöckchen. Umgehend erscheint eine Dame in engem Kostüm und einem Lächeln, das natürliche Freundlichkeit ausstrahlt. Zarte Lachfältchen schmücken Augen und Mundwinkel, das schulterlange Haar ist in Strähnen blondiert.

„Guten Tag, was kann ich für Sie tun?", begrüßt sie die beiden Kommissare mit sanfter Stimme.

Stüber schätzt ihr Alter auf Mitte fünfzig und ertappt sich dabei, wie er ihr einen Moment länger als üblich in die Augen schaut.

„Auch Guten Tag, ich bin Hauptkommissar Stüber und das ist mein Kollege Mehldorn", kommentiert er schließlich den gezückten Ausweis, „Wir möchten Herrn von Reichenhall sprechen."

Der Blick der Frau wandert zwischen Stübers Ausweis und dem dicken Pflaster auf seiner Nase hin und her. „Worum geht es denn?"

„Das möchten wir gern persönlich mit Herrn von Reichenhall besprechen."

„Ich bin seine Frau. Ich darf wissen, was Sie von uns wollen", leichte Röte legt sich auf die Wangen der Frau und wieder ist Stüber von ihrer Ausstrahlung fasziniert. Im nächsten Moment tritt ein Mann um die Sechzig aus einer Seitentür.

„Ist schon in Ordnung, Beate. Kommen Sie, wir können in meinem Büro weitersprechen." Er sieht die Kommissare an, dreht sich um und lässt seine sprachlose Frau allein im Laden zurück.

Das Büro ist nicht sehr groß. Der antike Schreibtisch nimmt den größten Teil des Raumes ein. Der Stuhl dahinter, mindestens genauso alt wie der Tisch, wirkt in seiner massiven Bauart fast schon wie ein Thron. Von Reichenhall weist auf zwei Sessel, auf denen schon Ludwig der Sechzehnte hätte sitzen können.

„Nehmen Sie Platz. Anbieten kann ich Ihnen leider gerade nichts. Meine Frau wird draußen schon vor Neugierde platzen, da möchte ich sie nicht wegen Kaffee hereinbitten. Wir könnten Probleme bekommen sie wieder hinauszukomplimentieren", entwaffnend lächelt der Geschäftsmann die Kommissare an und setzt sich auf seinen Thron. „Also, was ist Ihr Begehr?"

„Kennen Sie einen Manfred Greifer?", möchte Mehldorn wissen.

Von Reichenhall sieht zur Tür, als wolle er sich vergewissern, dass sie tatsächlich geschlossen ist und fragt mit gesenkter Stimme. „Was ist mit ihm?"

„Also kennen sie Herrn Greifer?", stellt Stüber mehr fest, als das er fragt.

„Ja ich kenne ihn. Greifer ist Privatdetektiv, ich habe ihn mit Nachforschungen betraut."

„Und welcher Art waren diese Nachforschungen?"

Wieder wandert von Reichenhalls Blick zur Tür: „Ist das wichtig?"

„Manfred Greifer ist tot. Sie waren sein letzter Auftraggeber. Da ist meine Frage doch mehr als gerechtfertigt. Oder?"

Der Juwelierhändler wird blass. Alle zur Schau gestellte Souveränität schmilzt in Sekunden dahin, wie eine Kerze in der

Nähe   eines   Ofens.
Von Reichenhall sinkt in sich zusammen und für einen Moment
scheint er alles um sich herum zu vergessen. Bevor er gänzlich von
seinem Thron fließt, bringt sich der Kommissar in Erinnerung. „Herr
von Reichenhall …"

Die Kerze hört auf zu schmelzen, der Mann strafft sich und sieht die
Kommissare an. Bei den ersten Worten zittert seine Stimme. Dann
hat sie wieder ihren festen Klang.

„Ich habe Herrn Greifer beauftragt, meine Frau zu überwachen. Seit
langem ahne ich, dass sie ein Verhältnis hat. Jetzt wollte ich endlich
Gewissheit haben."

„Und? Hat sie eines?" unterbricht Mehldorn.

„Irgendetwas hat Greifer herausbekommen. Leider weiß ich nicht
was. Er wollte mir vorgestern die Details verraten. Wir waren
verabredet. Aber er ist nicht gekommen und ging auch nicht an sein
Telefon." Von Reichenhall beginnt wieder zu zerfließen. „Jetzt weiß
ich auch warum."

„Herr von Reichenhall, wir müssen Ihre Aussage zu Protokoll
nehmen. Bitte melden Sie sich morgen bei uns auf dem Präsidium."
Die Kommissare verabschieden sich und werden vom Juwelier
durch den Laden nach draußen begleitet.

Auf dem Weg zum Ausgang fällt Mehldorns Blick auf den Inhalt einer
Glasvitrine. Es ist eine Kollektion bestehend aus Uhr, Halskette,
Armreif und Handschuhen. Alles in edlem Lila und ohne
Preisschilder. Interessiert bleibt er stehen.

„Sie suchen etwas Schönes für Ihre Frau, Herr Kommissar?",
bemerkt von Reichenhall, nicht ohne eine Dosis Hohn in seinen
Worten mitschwingen zu lassen. „Es ist eine Sonderkollektion zum
Jubiläum eines sehr großen Herstellers für Luxusgüter. Schauen Sie
sich das Ziffernblatt an. Es ist mit einem 18-karätigem Diamanten
bestückt und strahlt trotzdem schlichte Eleganz aus."

Mehldorn nickt Verständnis vortäuschend. „Und diese lila Handschuhe? Sind die auch von dieser Firma?"

„Wie schon gesagt, es ist eine Sonderedition. Das Leder ist feinstes Nappa. Es wurde geschliffen und mit Mäusedorn pigmentiert. Allein diese Handschuhe kosten über zweitausend Euro."

Mehldorn macht ein verwundertes Gesicht. „Mäusedorn?"

Jetzt ist von Reichenhall in seinem Element. „Es ist eine vom Aussterben bedrohte Pflanze und steht auf der Liste des WWF für gefährdete Pflanzenarten. Wir kennen sie auch unter dem Namen Frühlings-Adonisröschen oder Sonnentau. Sie ist etwas ganz Besonderes, war schon Arzneipflanze des Jahres und die Beeren geben einen dekorativen Farbstoff."

Stüber regt sich die Galle. „Also wird eine vom Aussterben bedrohte Pflanze benutzt, um dieses Luxusgedöns herzustellen?"

Von Reichenhall beschwichtigt. „Was ist schlimm daran, in freier Natur die Beeren zu ernten? Und außerdem geht der Erlös dieser Kollektion direkt als Spende an den WWF. Ich selbst habe meiner Frau ein Set geschenkt und so den Erhalt unterstützt."

„Wie edel doch diese Welt ist", raunt Stüber seinem Assistenten zu, bevor sie sich endgültig verabschieden.

„Also Greifers vermutlich letzter Fall war die Beschattung der Frau von Reichenhall. Laut der Aussage ihres Mannes hatte er damit Erfolg. Welchen genau, werden wir hoffentlich auf Greifers Laptop finden, wenn die KTU endlich dessen Verschlüsselung geknackt hat", sinniert Stüber, während er an einer dampfenden Tasse Kaffee schlürft.

„Könnte die gute Beate davon Wind bekommen haben?", greift Mehldorn den Gedanken auf.

„Sie meinen, Beate oder ihr Liebhaber murksen den Schnüffler ab, bevor dieser ihr Geheimnis an den reichen Ehemann weitergeben kann?"

„Warum nicht? Wäre zumindest ein gutes Motiv. Ehepaare mit dieser finanziellen Ausstattung haben meistens einen Ehevertrag. Kann doch sein, dass die werte Frau von Reichenhall dann ganz mittellos dastehen würde."

Es klopft. Waldemar tritt ein und sieht in zwei neugierige Gesichter.

„Ah, die Herren Holmes und Watson bei der Arbeit. Ich habe mir wie gewünscht", dabei sieht der Mann der Spurensicherung seinen Freund an, „die Glasscherbe noch einmal genauer unter die Lupe genommen. Tja, und was soll ich sagen?" Waldemar macht eine Kunstpause.

„Unser lieber Stüber hatte mal wieder ein goldenes Näschen. Auch wenn es derzeit gut verpackt ist", ein breites Grinsen zeichnet sich auf seinem Gesicht ab. „Ich konnte tatsächlich den verwischten Abdruck eines Handschuhs entdecken. Und nun frage ich mich, woher zum Teufel hattest du, mein lieber Stüber, diese Eingebung?"

„Ich hab' eben doch den richtigen Riecher, mein lieber Waldemar", Stüber wechselt mit Mehldorn einen kurzen Blick. „Und der Abdruck ist wirklich nicht zu gebrauchen?"

„Genau. Leider völlig verwischt. Aber immerhin wissen wir jetzt mit ziemlicher Sicherheit, dass jemand die Scherbe in der Hand hatte und sie dem bedauerlichen Opfer in den Hals gestoßen hat. Greifer muss sofort mächtig geblutet haben. Dem Täter sind sicher nicht nur seine edlen Handschuhe versaut worden."

„Edle Handschuhe?"

„Bestes Haarschaf-Nappaleder, Farbe Lila. Mehr kann ich noch nicht sagen. Ich muss auch wieder runter in mein Verlies."

Über Stübers Gesicht huscht ein Lächeln. „Danke Waldemar, bist wie immer ein Schatz."

„Ist schon in Ordnung. Das mit dem Riecher musst du mir noch beichten, alter Schnüffler. Also, sofern das mit dem Schnüffeln noch geht."

Stüber spricht zu Mehldorn, als ob Waldemar gar nicht mehr da ist. „Wenn man solche Freunde hat, braucht man sich um Feinde nicht mehr bemühen."

Kurz, nachdem Waldemar vor sich hin feixend zurück in seinem Labor ist, klingelt Mehldorns Telefon.

„Ah die KTU, da hat der Gute wohl was vergessen", bemerkt er mit einem Blick auf das Display und hebt ab: „Mehldorn …", er lauscht in den Hörer. "Na bestens, wir kommen sofort."

„Schröter hat endlich die Sperre auf Greifers Laptop geknackt. Er meint, es sind einige sehr interessante Fotos drauf."

„Na dann wollen wir den lieben Kollegen nicht warten lassen."

Die Räume der KTU gleichen einer Mischung aus Labor und einer Heimstadt für Nerds. Das findet zumindest Stüber immer, wenn er hierherkommt. Da, wo die Profis der Informatik arbeiten, stehen die Schreibtische voller Monitore, Tastaturen und allerlei technischen Kram, deren Nutzen nur die Kollegen selbst kennen. Dazwischen, fast gänzlich mit seiner Umgebung verschmolzen, sitzt Schröter vor einem Laptop und grinst den beiden Kommissaren entgegen.

"Na ihr habt es ja eilig."

„Haben wir Kollege Schröter. Haben wir."

Schröters Finger fliegen über die Tastatur des Laptops, dann dreht er ihn so, dass alle den Bildschirm sehen können. Mehldorn klickt sich durch eine Kollektion sehr pikanter Aufnahmen.

„Ob das der edle Gatte geahnt hat?"

„In dieser Tragweite wohl eher nicht", ergänzt Stüber. "Herr Schröter machen Sie uns bitte davon Ausdrucke. Es reicht, wenn sie in einer halben Stunde bei uns oben liegen." Damit wendet er sich zum Gehen. „Kommen Sie Mehldorn. Wir müssen uns einen Schlachtplan für den nächsten Besuch beim Juwelier ausdenken."

Wieder öffnet Beate von Reichenhall den Kommissaren die Tür. Dieses Mal aber die Haustür neben dem Geschäft. Ein Schwall feinsten Bratenduftes in Kombination mit der sanften Stimme der Hausherrin rauben Stüber fast die Sinne.

„Herr Kommissar, Sie haben wohl Sehnsucht nach uns? Allerdings ist mein Mann nicht zu Hause."

Während Stüber damit zu tun hat, den Geruch zu identifizieren, ergreift Mehldorn die Initiative. „Das macht nichts Frau von Reichenhall. Wir wollen uns heute mit Ihnen ein wenig unterhalten. Können wir?"

Frau von Reichenhall bittet die Kommissare im Wohnzimmer Platz zu nehmen. Stüber schnüffelt durch seinen Verband, „Sie kochen selbst? Das riecht ganz nach Lammbraten. Habe ich recht?"

„Ja richtig, Lamm Haxe mit getrockneten Pflaumen und Aprikosen. Mein Mann liebt es. Das haben Sie sofort an dem Geruch erkannt?" Dabei zeigt sie graziös auf seine Nase.

Mehldorn deutet ein Hüsteln an, aber sein Chef lässt sich nicht unterbrechen.

„Mit Trockenobst? Klingt interessant. Marinieren Sie das Lamm auch mit Zitronensaft, Knoblauch und Rosmarin?"

Ein Lächeln huscht über das Gesicht der Frau von Reichenhall. „Herr Kommissar, Sie kennen sich aber gut aus."

„Nun ja, Kochen ist eine Leidenschaft von mir. Auch ich liebe Lamm in allen Variationen. Trockenobst habe ich aber noch nicht probiert. Muss ich unbedingt mal machen." Stüber hat im Moment vergessen warum er hier ist. Da steht eine Frau und kocht gerade eines seiner Leibgerichte. Und wie attraktiv sie ist, mit ihren hochgesteckten Haaren und den zu dieser Haarfarbe ungewöhnlichen leuchtend blauen Augen. Nur kurz blitzt ein störender Gedanke auf. Verschwindet aber wieder bevor der Kommissar ihn fixieren kann. Und dieser Duft!

„Ähm Chef", Mehldorn reißt Stüber zurück in die Realität. Und an die Hausherrin gewandt: „Ich meine nur … Wir hätten da noch einige Fragen?"

Frau von Reichenhall löst ihrerseits zuerst den Blickkontakt zu Stüber.

„Oh, natürlich. Entschuldigung." Sie öffnet die Wohnzimmertür, deutet in Richtung einer stilvollen Sitzgruppe und dann in Richtung Küche. „Nehmen Sie doch Platz, ich schaue nur noch schnell nach dem Braten. Wäre doch schade, wenn er verdirbt."

„Oh ja, dass sollte keinesfalls passieren." Stüber folgt der Aufforderung und blickt der Hausherrin nach. Mehldorn wischt mit seiner Hand vor Stübers Nase hin und her. „Erde an Hauptkommissar! Chef sind Sie noch da?" Damit zieht Mehldorn seinen Kollegen in Richtung Wohnzimmer.

„Mensch Mehldorn, lassen Sie meinen Arm los!", raunzt Stüber zurück. „Man wird doch wohl höflich sein dürfen."

„Höflich?"

„Sie sind ein Kochbanause, Sie können das nicht nachvollziehen. Wenn ich …" Die eintretende Frau von Reichenhall lässt den Kommissar verstummen.

„Alles in bester Ordnung, wie darf ich Ihnen behilflich sein?"

Stüber schluckt und setzt zur Frage an. „Frau von Reichenhall …"

„Sagen Sie doch einfach Beate zu mir. Wo wir doch eine gemeinsame Leidenschaft entdeckt haben", wird er mit einem verschwörerischen Augenzwinkern unterbrochen.

„Frau von Reichenhall", übernimmt Mehldorn das Gespräch, „Wir möchten von Ihnen gern wissen, wer diese Frau hier ist." Er legt die Fotos auf den Tisch und im selben Moment wird Frau von Reichenhall mucks Mäuschen still. Dicke Schweißperlen bilden sich auf ihrer Stirn, die Hände beginnen zu flattern.

„In aller Herrgottsnamen, wo haben Sie denn diese Fotos her?"

„Das tut erstmal nichts zur Sache. Wir möchten nur wissen, wer diese Frau ist, mit der Sie hier zu sehen sind?", bleibt Mehldorn gelassen.

Wieder und wieder schaut Frau von Reichenhall auf die Fotos, die eindeutig bei ihrer letzten Liebesnacht gemacht wurden. Dabei wollte sie noch die Vorhänge vorziehen, aber die Begierde ließ ihnen keine Zeit mehr dazu. Wenn sie nur geahnt hätte …

„Die haben Sie von meinem Mann", ist sie sich plötzlich sicher. „Er hat mir nachspioniert."

„Vielleicht wollte er nur wissen, was Sie so treiben, während er allein in seinem Laden sitzt. Wir wissen es nicht. Jedenfalls hat diese Bilder hier jemand geschossen, der jetzt tot ist", entgegnet Stüber nun wieder ganz der Hauptkommissar.

„Tot. Das ist ja schrecklich!" Frau von Reichenhalls Finger zittern, als sie sich ihr Kleid glattstreicht, „Und Sie glauben das ich ...?"

Stüber rafft die Fotos zusammen. „Das Glauben überlassen wir dem Papst. Aber bedenken Sie doch. Sie sind verheiratet und leben nicht unbedingt in Armut. Wenn Ihr Mann dahinterkäme, dass Sie ein Doppelleben führen, könnte es mit dem Wohlstand vorbei sein. Kann man da nicht auf dumme Gedanken kommen?"

Sie faltet ihre Hände zusammen, dass das Weiße ihre Knöchel bedeckt. „Mein Mann darf das auf keinen Fall erfahren. Oder hat er schon?", beschwört sie die Polizisten.

„Soweit wir wissen kann ich Sie beruhigen. Aber verraten Sie uns bitte, wo Sie am Dienstag zwischen dreiundzwanzig und null Uhr waren", schaltet sich wieder Mehldorn ein.

„Da war ich zu Hause, leider allein. Mein Mann war zu einem Herrenabend", lautet die spontane Antwort.

„Und jetzt noch der Name Ihrer", Mehldorn sucht nach dem richtigen Wort, „sagen wir Freundin."

„Sie heißt Sylvie Schröter", antwortet die Juweliersgattin nach kurzem Zögern.

Überrascht schauen sich die Kommissare an.

„Sylvie Schröter, die Frau auf dem Foto heißt Sylvie Schröter?"

„Ja, ein ungewöhnlicher Name. So wie sie aussieht. Ich hatte mich damals auch gewundert."

Nachdem die Kommissare auch noch die Adresse erfahren haben, nicken sie sich zu und deuten an, gehen zu wollen. „Also Frau von Reichenhall, dann wollen wir mal wieder."

„Wenn die Herren zum Essen bleiben wollen …"

Weil sein Chef zögert, antwortet Mehldorn. „Sehr gern Frau von Reichenhall aber …"

Stüber muss sich beherrschen, seinen Kollegen nicht zurecht-zuweisen. Sie verabschieden sich und bitten die charmante Köchin noch, sich im Laufe des Tages im Präsidium zu melden, ‚wegen Ihrer Aussage und dem Protokoll und so', stammelt Stüber etwas holprig. Beate von Reichenhall bedauert die schnelle Verabschiedung, verrät den beiden noch, dass sie einen roten Mercedes Cabrio fährt und schließt hinter ihnen die Tür. Keine zwei Sekunden später ist sie am Telefon.

Auf der Fahrt gehen die Kommissare stumm ihren Gedanken nach. Stüber bricht als Erster das Schweigen.

„Lamm Haxe mit Trockenobst…"

„Chef?"

„Mit Dörrpflaumen und Aprikosen, Beate kocht …"

„Beate?"

„Mensch Mehldorn, Beate von Reichenhall. Sie kocht Lamm Haxe mit Trockenobst. Das ist sensationell! Ich habe noch nie eine Frau getroffen, die sowas kocht. Da wäre ich doch gern mal mit ihr in der Küche verschwunden."

Mehldorn bremst scharf. Das hinter ihnen beginnende Hupkonzert, die wütenden Blicke und die Stinkefinger sind ihm egal.

„Aber jetzt bin ich doch platt! Bei Ihnen gibt´s ja auch noch Testosteron. Nur zu dumm, dass die Beate, wie Sie die Dame nennen, zurzeit unsere Hauptverdächtige ist. Da wird´s schwierig mit in ihre Küche verschwinden und so.“

„Und so WAS?“

Mehldorn ringt nach Worten:“ Na … na …“

„Meinen Sie etwa ICH solle ausnahmsweise mal MEIN Testosteron unter Kontrolle bringen?“, Stüber schnaubt verächtlich. „Das ist lächerlich! Verstehen Sie Mehldorn LÄCHERLICH. Ich wollte lediglich das Rezept von ihr. So und jetzt fahren Sie endlich. Sonst rufen die hinter uns noch die Polizei. Ich und die Reichenhall, pffft …“

Stüber verschränkt die Arme vor seiner Brust und schließt seine Augen. ‚Ich und diese Reichenhall‘, geht es ihm immer wieder durch den Kopf. Obwohl: eine Frau die so gut kocht? Und diese blauen Augen. Energisch schiebt Stüber diese Gedanken weg. Zum Glück muss er nicht lange stumm vor sich hinbrüten, denn schon bald erreichen die Kommissare die Adresse der Schröter. Gerade als sie aussteigen wollen, registriert Mehldorn eine Frau auf dem Fußweg. Schwarze lockige Haare, große, fast schwarze, Augen und eine kaffeebraune Haut. Eindeutig die Frau von den Fotos. Sie hastet an ihnen vorbei zu einem weißen SUV und steigt ein.

„Na da schau her! Schlanke sportliche Person, Größe zirka eins-siebzig will mit weißem SUV abhauen. Ihre Beate! Hat sicher schnell mal telefoniert. Stüber aufwachen, Mörder fangen!“ Dann gibt Mehldorn wieder Gas. Bevor sich der Ford Kuga in den Straßenverkehr einreihen kann, versperren sie die Ausfahrt. Stüber wieder hellwach springt aus dem Auto und klopft an die Scheibe. „Frau Schröter?“

Mit leisem Surren entsteht ein fingerbreiter Spalt: „Wer will das wissen?“

Stüber kommentiert den gezückten Ausweis. Mehldorns Blick schweift inzwischen durch das Innere des Wagens und entdeckt eine Reisetasche auf dem Beifahrersitz. „Sie wollen verreisen? Wir hätten aber zuvor noch ein paar Fragen, Frau Schröter. Das sollten wir allerdings nicht hier auf der Straße tun. Wenn Sie so freundlich sind und uns zu Ihrer Wohnung zu begleiten."

Die Schröter reagiert sichtlich nervös. „Und wenn ich deshalb meinen Flieger verpasse, bekomme ich dann die Kosten erstattet?"

Stüber steckt eine Hand in die Hosentasche, mit der anderen öffnet er die Fahrertür. „Ich glaube nicht, dass Sie einen Flieger verpassen. Oder ist Ihnen das muffige Verhörzimmer im Präsidium lieber?"

Sylvie Schröter sitzt am Tresen ihrer kleinen Küche, vor ihr eine Packung Tempo von der sie sich regelmäßig bedient. Zwischen Tränen abwischen und Nase schnäuzen erzählt sie, wie sie Beate auf einer Ausstellung kennen gelernt und sich augenblicklich in sie verliebt hat. Beate ging es nicht anders.

„Wie lange geht Ihre Beziehung schon?", will Stüber wissen.

„Die Ausstellung war dieses Jahr im April. Danach haben wir uns regelmäßig getroffen."

„Gehört der Ford Kuga Ihnen, Frau Schröter?" Innerlich muss Mehldorn immer wieder über den Namen seinen Kopf schütteln, der so gar nicht zu der rassigen Afrikanerin passt.

„Ja, Beate hat ihn mir geschenkt."

„Geschenkt? Ein so großes Auto", entfährt es Stüber.

„Naja, eigentlich nutzen wir ihn beide. Wir mussten uns doch immer wo anders treffen. Ihr Mann durfte doch keinesfalls etwas erfahren. Und Beate wollte dafür nicht ihren Wagen nehmen. Ich hatte mir schon immer mal einen SUV gewünscht. Der Ford war nicht teuer, zwei Jahre alt, einfache Ausstattung und ohne Leder. Beate kannte den Händler ...", der Rest des Satzes ging wieder in einem Schluchzer unter.

„Frau Schröter, wo waren Sie am Dienstag zwischen dreiundzwanzig und null Uhr?", wiederholt Mehldorn die Frage, die er vor wenigen Stunden der heimlichen Geliebten Sylvies schon gestellt hat.

„Ich war hier, hab geschlafen."

„Kann das jemand bezeugen?"

„Wenn Sie Beate meinen, nein. Ich war allein. Was soll denn Ihre ganze Fragerei?"

Mehldorn zeigt der weinenden Frau die Fotos. Das Erschrecken auf ihrem Gesicht ist echt.

„Woher haben Sie die?"

„Herr von Reichenhall hat wohl Verdacht geschöpft. Er beauftragte einen Privatdetektiv mit der Observierung seiner Frau. Der hat die Fotos geschossen. Zu seinem Unglück war es sein letzter Auftrag. Jetzt liegt er bei uns im Kühlfach."

Mit einem Schlag wird ihre Stimme resolut. „Und jetzt glauben Sie das ich ... deshalb die Frage nach meinem Wagen. Ich soll ihn überfahren haben. Ist es das, was Sie denken?"

Und Stüber: „Frau Schröter, wohin wollten Sie denn gerade so schnell? Was sollen wir davon halten?"

Er macht eine kurze Pause. „Lassen Sie mich raten. Kurz vor unserem Eintreffen haben Sie einen Anruf von Frau von Reichenhall bekommen. Sie hat Ihnen gesagt, was wir wissen und da haben Sie Angst bekommen."

„Nein! … Ja", Sylvie schüttelt den Kopf, „So war es nicht. Ja, Beate hat mich angerufen und mich gewarnt. Ich lebe illegal in Deutschland. Mein Visum ist längst abgelaufen. Ich wollte mich deshalb verstecken. Die von Reichenhalls haben ein kleines Sommerhaus außerhalb der Stadt. Da sollte ich auf Beate warten."

„Frau Schröter, geben Sie es doch zu. Sie haben bemerkt, dass der Privatdetektiv Ihnen auf die Schliche gekommen ist und wollten verhindern, dass von Reichenhall es erfährt. Also haben Sie ihn kaltblütig getötet?"

Wieder wird die Schröter resolut, nur dieses Mal noch laut dazu. „Nein, ich habe keinen überfahren. Sie können sich meinen Wagen ansehen. Da ist kein Kratzer dran. Ich wusste bis eben nicht einmal, dass wir beobachtet wurden. Das müssen Sie mir glauben. Ich bin doch kein Mörder."

„Niemand hat vom Überfahren gesprochen", bemerkt Mehldorn.

„Nicht? Aber Sie haben sich doch nach meinem Auto erkundigt."

„Sagen wir mal so. Sie haben versucht den Detektiv zu überfahren. Sie wollten verhindern, dass Ihre Liaison mit Beate von Reichenhall herauskommt. Ihr luxuriöses und illegales Leben wäre zu Ende gewesen. Da sich aber der Detektiv mit einem Sprung zur Seite retten konnte, haben Sie eben mit einer Glasscherbe nachgeholfen. Wir haben Spuren von Ihren Lederhandschuhen gefunden."

Sylvie Schröter springt auf. Setzt sich aber sofort wieder: „Das muss alles ein Irrtum sein. Sie müssen mir glauben. Ich bin doch Veganerin."

Fragende Gesichter.

„Ich esse keine tierischen Produkte. Und ich trage auch keine. Also werde ich nie Lederhandschuhe anziehen. Beate wollte mir mal so ein Paar schenken. Sie war sehr enttäuscht, als ich ablehnte. Wenn Sie also Spuren von Lederhandschuhen haben, dann nicht von mir!"

In Stüber steigt eine böse Ahnung auf: „Wo genau wollten Sie sich mit Frau von Reichenhall treffen?"

„Hereinspaziert mein lieber Mehldorn. Der Geruch kommt Ihnen sicher noch bekannt vor. Ich gehe schon mal voraus, kommen Sie einfach hinterher. Und keine Angst, ich werde Sie nicht belästigen. In meiner Küche wird nur gekocht."

„Mensch Chef, wie lange wollen Sie mich noch damit ärgern? Der Fall ist schon seit drei Wochen aufgeklärt. Ich glaube ihnen doch, dass Sie die Beate damals nicht vernaschen wollten."

Stüber steckt den Kopf aus der Küche. „Mehldorn, jetzt kommen Sie doch endlich. Und hören Sie auf zu jammern. Und bitte - *Beate von Reichenhall* - so viel Zeit muss sein."

„Wussten Sie übrigens, dass die" und jetzt betont er schon fast übertrieben den Namen, „Frau Beate von Reichenhall mal Bankerin war, bevor sie den Juwelier heiratete?"

„Mehldorn, jetzt machen Sie mich aber glücklich. Ich hatte die ganze Zeit schon das Gefühl, dass noch irgendwas fehlt." Dabei hält er seinem Assistenten eine Kostprobe der Soße hin.

„Ja ja, da fehlte in der Tat noch etwas", ergänzt Mehldorn und kostet. „Oh, himmlisch mein Lieber." Er lässt den Geschmack noch etwas nachwirken. „Eigentlich schade um so ein Kochtalent. Ich hätte nie gedacht, dass die ihre Geliebte so schnell opfert und die sexy Sylvie über die Klinge springen lassen wollte. Als sie zufällig vom Treffen ihres Mannes mit Greifer erfährt, nimmt sie sich einfach deren Wagen und macht Jagd auf den Jäger."

„Dumm nur, dass Greifer zu schnell war", ergänzt Stüber während er das Bratenthermometer kontrolliert. „Und die Sache mit den Handschuhen war dann doch nicht durchdacht."

„Stimmt. Sie kann zwar gut kochen und schöne Augen machen, aber mit dem Morden hapert's. Übrigens hatten die von Reichenhalls tatsächlich einen Ehevertrag. Bei einer Scheidung hätte die schöne Beate ihr luxuriöses Leben wohl vergessen können. Tja, in den nächsten Jahren wird sie sehr bescheiden leben müssen. Kommen Sie, nehmen wir schon mal ein Gläschen."

Mehldorn hebt sein Glas. „Darauf, dass es den perfekten Mord zum Glück doch nicht gibt. Irgendwas ist immer."

„Sie sagen es, mein Lieber. Auch wenn es manchmal eine illegale Aufnahme ist. Denn ohne Robertos", Stüber imitiert Robertos Gestik, „ Problemchen Commissario', wäre die Werteste vielleicht doch davon gekommen."

„Apropos Roberto. Sollte er nicht auch zum Essen kommen?"

„Der wird gleich hier sein. Hat sicher an der großen Kiste Primitivo zu schleppen. Schließlich hat er noch was gut zu machen."

„Noch eine Frage Chef. Warum haben Sie uns eigentlich mit dem heutigen Essen a´la Reichenhall so lange auf die Folter gespannt?"

„Wegen meiner Nase. Ohne perfekten Geruchssinn kann man nicht gut schmecken."

„Kann man nicht?"

„Mein lieber Mehldorn, ich sagte es bereits. Sie sind ein echter Kochbanause."

Ihr gemeinsames Lachen geht in dem Klingen der gefüllten Rotweingläser unter.

Mörderische

Weihnacht

Der Winter lässt sich in diesem Jahr Zeit. Erst vor einer Woche waren die Temperaturen unter null gefallen. Die ersten Schneeflocken beginnen, im Scheibenholz zu tanzen. Von all dem bekommt Peter Wenzlaff von der *Give Me Your Money Incorporation*, kurz G.M.Y.M., nichts mit.

Er wickelt mit Bedacht und einer gehörigen Vorfreude sein Geschenk aus. Zieht die rote Schleife auf, die kunstvoll und professionell gebunden ist. Vorsichtig lüftet er das Geschenkpapier und zum Vorschein kommt eine Flasche - und was für eine! Es ist Edradour, feinster Whisky aus der kleinsten Destillerie Schottlands, 21 Jahre im Sherryfass gereift und in Fassstärke abgefüllt. Oh ja, der Weihnachtsmann war großzügig!

Wenzlaff bestaunt die intensive Färbung und beschließt, ihn sofort zu probieren. Er lässt sich ein Glas bringen, gießt ein, fügt ein paar Tropfen Wasser hinzu, schließt die Augen und nimmt einen winzigen Schluck. Dann riecht Wenzlaff am Glas und nippt erneut. Das Getümmel der Weihnachtsfeier interessiert ihn nicht mehr. Er ist ganz eins mit sich und dem edlen Destillat. Schließlich nimmt er noch ein Glas, wohl wissend, dass Alkohol - und zumal in dieser Konzentration - der Gesundheit nicht zuträglich ist. Wie sehr sollte er nie erfahren, denn wenig später ist Peter Wenzlaff tot.

„Moin, Stüber", wird dieser von Waldemar, dem Chef der Spurensicherung begrüßt.

Der Angesprochene zieht den Kopf tief zwischen die Schultern, eingehüllt in eine dicke Wolke kondensierenden Atems. „Moin, Waldemar. Wie sieht's aus?"

„Man könnte denken, der Kerl hier ist erfroren", gibt der lakonisch zurück und zeichnet mit seiner latexverhüllten Hand die Kontur des vor ihnen liegenden Körpers nach.

„Aber so verkrümmt liegt keiner da, wenn er erfroren ist. Der hier hatte Krämpfe. Ich würde sagen, es war ein stark krampfendes Gift, aber das ist nur eine Vermutung."

„Ja ja, ich weiß schon. Du alter Quacksalber willst bloß Zeit gewinnen. Was denkst du, wie lange liegt er schon hier?"

„Der ist noch nicht steif. Als ganz alter Quacksalber würde ich schätzen, seit zwei bis drei Stunden. Aber genau ..."

Stüber fällt ihm ins Wort. „Ja doch, das weißt du erst nach der Obduktion. Morgen früh?"

Waldemar nickt, klopft Stüber auf die Schulter und widmet sich wieder seiner Mannschaft, die in ihren weißen Schutzanzügen die Umgebung bevölkern.

Mehldorn, die Hände tief in seinen Jackentaschen vergraben, tritt neben seinen Chef und räuspert sich. „Hat keine Papiere bei sich aber irgendetwas ist an ihm, was mir seltsam vorkommt."

„Mir kommt schon den ganzen Morgen was seltsam vor. Ich glaube, ihr Kühlschrank ist offen, sonst wäre es nicht so kalt", gibt Stüber zurück, ohne den Blick vom Gesicht des Toten abzuwenden.

„Nein, mal ehrlich Chef, an dem ist was, was mir bekannt vorkommt."

„Na dann können Sie ja noch weiter überlegen. Ich geh erstmal dahin, wo es einen heißen Kaffee gibt." Damit wendet sich Stüber zum Gehen. Sein Assistent zögert kurz und eilt hinterher.

Als beide frisch gestärkt im Präsidium eintreffen, begegnen sie auf der Treppe ihrem Chef.

„Guten Morgen die Herren", begrüßt Doktor Alois Meyer-Krefeld beide überschwänglich.

‚Der ist aber heute gut drauf', denkt Stüber misstrauisch und vermutet nächtliches Ehevergnügen oder gar eine neue Freundin. Aber er irrt sich.

„Hauptkommissar Stüber, Sie wissen, dass es nur noch drei Tage bis zu unserer Weihnachtsfeier sind?"

„Tatsächlich? Also wie die Zeit vergeht", gibt der sich überrascht.

„So ist es und Sie haben sich immer noch nicht angemeldet. Hat das eine Bedeutung?"

Stüber sucht nach einer Ausrede, es fällt ihm aber nur fehlende Begeisterung ein.

Mehldorn kommt ihm zu Hilfe. „Herr Doktor Meyer-Krefeld, ich werde meinen Chef zu überzeugen wissen. Verlassen Sie sich drauf."

„Ich nehme Sie beim Wort Kommissar Mehldorn", kommentiert Meyer-Krefeld sein Schulterklopfen und entschwindet flugs in sein Büro.

„Mensch Mehldorn, jetzt bin ich aber gespannt", sagt Stüber und klopft ihm nun seinerseits auf die Schulter.

„Auf was denn? Auf den Weihnachtsmann?"

„Nein, wie gut das Essen sein wird, mit dem Sie mich rumkriegen wollen."

Im Büro angekommen, ist es bereits elf Uhr. Mehldorn macht sich sofort über die Vermisstenanzeigen her. Er muss nicht lange suchen, denn schon der erste Eintrag macht ihn stutzig. „Chef schauen Sie mal. Ist vor einer halben Stunde ..."

Noch bevor er den Satz zu Ende spricht, entfährt ihm ein „Oh mein Gott!"

„Ich wusste gar nicht, dass Sie gläubig sind", entgegnet sein Gegenüber trocken.

„Ich habe Ihnen doch im Park gesagt, dass mir etwas bekannt vorkommt. Jetzt weiß ich, was es ist."

„Besteht Hoffnung, dass Sie es mir verraten?"

„Wenn es so ist, wie ich vermute, ist das Opfer ein gewisser Peter Wenzlaff, alleinstehend und wohnhaft war er in der Paul-Michael-Straße", liest Mehldorn weiter.

„Ist das nicht diese piekfeine Ecke mit den protzigen Villen?"

„Scheint so Chef. Jedenfalls konnte er sich das offenbar leisten, denn er arbeitete in der *G.M.Y.M. Incorperation,* einer Investmentbank mit Sitz in Luxemburg."

Stüber flippt fast aus, schlägt mit der flachen Hand derart auf den Tisch, dass der Behälter mit den gefühlt tausend ausgetrockneten Kugelschreibern fast umkippt.

„Mensch Mehldorn, das gibt's doch gar nicht! Schon wieder ein toter Geldheini."

„Ja Chef, man könnte denken, die sollen um Leipzig lieber einen Bogen machen."

Trotz heller Freude über das erneute Ableben eines seiner Erzfeinde bleibt Stüber neugierig. „Da ist für wahr was Göttliches dran oder kommt da noch mehr?"

„Na ja Chef, da ist in der Tat noch was", gibt Mehldorn jetzt ziemlich kleinlaut zu.

„Ich bin ganz Ohr."

„Na gut, ich sage mal so. Ich verdiene mir hin und wieder mal ein paar Kröten dazu. So üppig ist unser Salär ja nicht."

„Und wo ist das Problem?"

„Ich hab's nicht gemeldet", ist noch kleinlauter zu hören.

„Aber mein lieber Mehldorn, ich habe gefragt, wo das Problem ist?"

„Danke Chef. Wenn Sie mir versprechen nicht zu lachen, verrate ich Ihnen auch, wer mich bezahlt."

Stüber hebt den Daumen. „Aber Mehldorn, Sie kennen mich doch."

„Eben Chef, und zwar besser als Sie meinen."

„Also gut ich verspreche es. Hoch und heilig", und hebt die Hand zum Eid.

Mehldorn zögert einen Moment. „Na gut. Also ich jobbe nebenbei als Weihnachtsmann bei einer Agentur."

Stüber muss unvermittelt losprusten, hält die Hand vor den Mund und macht Augen wie ein Kugelfisch. Dann presst er ein ‚Sie als Weihnachtsmann' hervor und hat alle Mühe sich nicht totzulachen. Zum Glück hat er beim Schwur zwei Finger gekreuzt. Sein Assistent wartet in Ruhe ab und schüttelt den Kopf.

„Na, hab ich's nicht gewusst?"

„Entschuldigung Mehldorn, Tschuldigung. Das nächste Essen geht auf mich. Aber Sie müssen schon zugeben, dass es ziemlich skurril ist - ein Kommissar der Mordkommission als Weihnachtsmann bei kleinen Kindern."

„Das wirkliche Problem ist, dass es gestern keine Kinder waren, sondern die Damen und Herren der *G.M.Y.M. Incorperation*."

Nachdem sich Stüber einigermaßen beruhigt hat, fahren beide zu Wenzlaff's ehemaligem Dienstort. Am Empfang werden sie schon von einer attraktiven Mittvierzigerin erwartet. Sie ist gut aber nicht zu auffällig gekleidet. Das Gesicht strahlt natürliche Freundlichkeit aus, nur der Blick scheint besorgt.

„Sie sind die Herren von der Polizei?" Und noch ehe einer der beiden antworten kann, plappert sie weiter.

„Mein Name ist Verena Kupfer. Ich bin die Teamassistentin und habe unseren Herrn Wenzlaff heute Morgen vermisst gemeldet."

„Und wir sind Hauptkommissar Stüber und Kommissar Mehldorn von der Leipziger Mordkommission", kommentiert Stüber den gezückten Dienstausweis.

Verena Kupfer erschrickt. „Mordkommission? Um Himmels willen, wieso denn die Mordkommission?"

„Wo Sie schon den Himmel erwähnen, ähm, wie soll ich sagen, es ist der momentane Aufenthaltsort Ihres Kollegen. Ein Spaziergänger hat ihn heute früh im Klarapark gefunden." Dabei geht Stüber durch den Kopf, dass Hölle wohl besser zutreffen würde.

„Oh mein Gott, der Peter! Wie ist denn das passiert?"

„Tja Frau Kupfer, um das herauszufinden, sind wir hier", setzt Mehldorn fort. „Wann haben Sie denn Herrn Wenzlaff zuletzt gesehen?" Dabei versucht er peinlichst, seine Stimme nicht wie in seinem anderen Dienstverhältnis klingen zu lassen.

„Peter, also ich meine Herr Wenzlaff, hatte heute Morgen einen wichtigen Termin. Als er nicht erschien, fiel mir der gestrige Abend ein," antwortet sie gefasst. „Wir hatten gestern unsere Weihnachtsfeier. Ihm wurde plötzlich übel, wollte an die frische Luft."

„Hat er das Essen nicht vertragen oder war es noch der Schock vom Weihnachtsmann?", will Stüber wissen und muss sich beherrschen, nicht zu seinem Assistenten zu sehen.

„Woher wissen Sie, dass wir einen Weihnachtsmann bestellt hatten?"

„Na wir sind doch von der Polizei und wissen auch alles. Wir sind sozusagen Kollegen", antwortet Stüber, der beinahe wieder lachen muss, doch rechtzeitig durch Mehldorns scharfen Blick wieder zur Besinnung kommt.

Verena Kupfer entfährt zu Stübers Scherz nur ein schwaches ‚Aha' und dann berichtet sie, dass ihr Kollege wohl zu viel von seinem Geschenk, einem sehr guten Whisky getrunken hat. Stüber horcht auf. „Was ist denn bei Ihnen ein sehr guter Whisky?"

„Es war ein schottischer Single Cask, habe ich selber ausgesucht. Wie auch alle anderen Geschenke."

„Ein edler Tropfen," stimmt Stüber zu. „Hat in dieser Form an die 60 Umdrehungen."

„Die Flasche steht in meinem Büro. Habe sie am Ende mitgenommen, denn er war ja nicht wieder aufgetaucht."

„Na schön, Frau Kupfer, die nehmen wir gleich mit. Und Sie schicken mir heute noch eine Liste mit allen Personen, die gestern gefeiert haben", schaltet sich Mehldorn ein. „Und noch eine Frage. Wie war denn Ihr Kollege so? Hatte er Feinde?"

Die Kupfer antwortet spontan. „Mitnichten, er war sehr beliebt. Das Einzige, was man ihm vorwerfen könnte, waren seine Frauengeschichten."

„Sie meinen er nahm alle, die nicht bei drei auf den Bäumen waren?"

Die Kupfer nickt und wendet sich zum Gehen. Die Polizisten folgen ihr und auf dem Weg in ihr Büro begegnen sie einer jungen Frau. Sie ist sichtbar ziemlich schwanger und Mehldorn meint, in ihrem Blick etwas Bekanntes zu entdecken. ‚Hey die kenn ich', ist sein erster Reflex, aber nein. Ihm müssen ja alle bekannt vorkommen, schließlich hat er doch jeden Einzelnen gestern beschenkt.

Auf der Fahrt ins Präsidium berichtet Mehldorn über den Ablauf des Abends.

Als er sich nach Dienstschluss in der Agentur gemeldet hat, erhielt er den Auftrag als Weihnachtsmann bei der *G.M.Y.M.* Firmenfeier aufzutreten. Gegen achtzehn Uhr fuhr er dann mit dem bunten Weihnachtsmann-Twingo in das Restaurant der Galopprennbahn. Dort war die Party schon voll im Gange. Nichts Besonderes, eigentlich ganz nette Leute und wenn die feine Garderobe nicht gewesen wäre, hätten es auch Gartenfreunde oder Kaninchenzüchter sein können. Er ließ die üblichen Sprüche ab, überreichte die Geschenke und zog wieder von dannen.

„Ihnen ist aber schon klar, dass Sie - sofern es der Whisky wirklich war - tatverdächtig sind und ich Sie von den Ermittlungen ausschließen müsste", ist Stüber jetzt ganz der Chef.

„Mensch Chef, was soll denn das? Ich hatte doch gar keine Ahnung, was in den Paketen war. Die hat die Kupfer besorgt und dann in die Agentur gebracht. Dort wurden sie verpackt und in den Sack gesteckt. Der stand wie immer fix und fertig da und ich habe nur meinen Job erledigt", entrüstet sich Mehldorn.

„Ich mache auch nur meinen Job", wird Stüber fast böse, um dann versöhnend zu ergänzen: „Jetzt lassen wir aber erstmal Waldemar von der Flasche probieren, und wenn das edle Gesöff wirklich tödlich war, statten wir Ihrer feinen Agentur einen zünftigen Besuch ab."

„Es ist nicht ‚Meine Agentur' und sie ist auch nicht fein", protestiert Mehldorn weiter, aber dieses Detail ist seinem Chef ziemlich egal.

Am nächsten Morgen treffen sich alle in Waldemars Labor. Auf dem Weg dorthin treffen sie - wie kann es anders sein - wieder auf Meyer-Krefeld.

„Hauptkommissar Stüber, Sie haben sich noch immer nicht für die Feier angemeldet", ruft er schon von weitem. „Was machen Sie bloß den ganzen Tag?"

„Gute Frage, Mehldorn sagen Sie es ihm, ich hab´s schon vergessen."

„Herr Meyer-Krefeld, ähm Herr Doktor, na ja. Ihnen ist sicher bekannt, dass wir in einem mutmaßlichen Tötungsdelikt ermitteln", versucht Mehldorn eine Antwort.

„Ach das machen Sie doch immer, schließlich sind Sie bei der Mordkommission. Hier geht es um etwas Wichtigeres. Etwas Kollektives. Wir können doch nur erfolgreich sein, wenn wir uns auch als Team definieren - oder?"

„Na ja, da haben Sie schon Recht Chef. Und wir werden sicher kommen. Aber erst ..."

Meyer-Krefeld fällt ihm ins Wort. „Ich sehe wir haben uns verstanden. Oder haben Sie noch etwas beizutragen Stüber?"

„Oh ja", so die spontane Antwort. „Hoffentlich kommt kein Weihnachtsmann."

Meyer-Krefeld, schon zum Gehen gewandt hält inne. „Was hat denn das mit einem eventuellen Weihnachtsmann zu tun?"

„Also immerhin könnte er ein Mörder sein."

„Stüber, Sie machen mir Angst", stöhnt Meyer-Krefeld und zieht kopfschüttelnd davon.

„Da geht er dahin", kommentiert Mehldorn dessen Abgang, während beide in Waldemars Labor treten.

Der erwartet sie schon und berichtet freudestrahlend von seinen Befunden. „Weißt du, warum der nicht erfroren ist, Stüber?" Und ehe dieser antworten kann, sprudelt es weitere Erkenntnisse. „Der war gegen Einfrieren gedopt, mindestens bis 20 Grad."

„Wie gedopt?"

„Na genauso, wie du die Scheibenwaschanlage an deinem Fahrrad gegen Einfrieren schützt."

„Und nun wirst du mir sicher noch verraten, wieso der Frostschutzmittel gesoffen hat. Nimmt man das jetzt?"

„Irgendwer hat ihm Ethylenglykol verabreicht. Das Zeug ist in Frostschutzmitteln enthalten, ziemlich gefährlich. Schon wenige Milliliter lassen Kreislauf und Nieren versagen und führen unweigerlich zum Tod. Der hier hatte reichlich davon intus und nicht lange gelitten."

„Aber wieso hat er das nicht gemerkt?", verwundert sich Mehldorn.

„Ethylenglykol ist absolut geruchs- und farblos, schmeckt aber leicht süßlich. Wenn es mit kräftigen Schmeckerchen gemischt wird, stirbt man ziemlich ahnungslos."

„Könnte es hier drin sein?", fragt Stüber und hält ihm die Whiskyflasche vor die Nase.

„Das ist ein verdammt guter Tropfen, Stüber. Single Cask, 60 Umdrehungen. Ich würde sagen, wenn es der ist, dann hatte unser Freund hier einen ziemlich genussvollen Abgang."

„Die hat der Typ vom Weihnachtsmann. Und wenn es wirklich die Ursache war, dann hat wohl jetzt unser Kollege hier ein dickes Problem am Hals", erklärt Stüber mit Blick zu Mehldorn, dem sogleich die Zornesröte ins Gesicht schießt.

Waldemar versteht nur Bahnhof. „Was hat denn das mit deinem Kollegen zu tun?"

„Der wollte mir einen toten Banker zu Weihnachten schenken", kommentiert Stüber ein besonders breites Grinsen.

Mehldorn hält die Luft an und stürzt ohne ein Wort hinaus.

Wenig später trifft Stüber zwei Kaffeebecher vor sich hin schwappend im Büro ein und gibt einen davon seinem beleidigten Assistenten.

„Wenn Sie denken, Sie können sich mit einem lumpigen Kaffee wieder einschleimen, haben Sie sich getäuscht."

„Mensch Mehldorn, nun haben Sie sich doch nicht so. Schließlich sind Sie doch nicht ganz unschuldig an dieser Konstellation."

„Nischt mit ‚Mensch Mehldorn', mich derart vor dem Kollegen bloß zu stellen!"

„Na gut, Entschuldigung. Aber Sie müssen zugeben, dass ich trotzdem fair zu Ihnen bin."

„Also wenn das fair ist, dann ist der Osterhase der Weihnachtsmann", entrüstet sich Mehldorn.

„Was? Den Osterhasten spielen Sie auch?"

Mehldorn schnappt nach Luft.

„Schon gut", lenkt Stüber ein. „Sie müssen aber schon zugeben, dass ich Sie wegen Befangenheit suspendieren müsste. Und? Hab ich oder hab ich nicht?"

„Chef, haben Sie schon mal drüber nachgedacht, dass ich durch diesen Sachverhalt ganz hervorragend zur Aufklärung beitragen kann."

„Sie meinen, Sie waren sozusagen als verdeckter - oder besser maskierter - Ermittler tätig?"

„Na ja Chef, kann man doch so sehen. Ich kenne die Leute und die Abläufe in der Agentur und bin Zeuge des Abends. Wann hatten wir das schon Mal?"

„Schon gut Mehldorn, weiß ich ja. Machen wir uns einfach los und sehen uns den Weihnachtsmannladen mal genauer an."

Kurz bevor die beiden den Dienstwagen erreichen, klingelt Stübers Telefon. Es ist Waldemar. „Stüber, die Flasche war der Hauptgewinn. Mit der Menge Ethylenglykol da drin könnte man glatt mit einem LKW durch den Winter kommen."

„Und wie ist das Zeug da reingekommen? Die Schotten werden´s ja wohl nicht gewesen sein."

„Der Täter hat mit einer Kanüle durch den Korken gestochen und einen ordentlichen Teil des edlen Gesöffs gegen das Gift ausgetauscht. Wahrscheinlich hat er sich anschließend mit dem Rest einen angesoffen."

„Du meinst, da wurde so etwas wie eine Spritze verwendet?"

„Ja, so in der Art. Und eh du mich das fragst: Fingerabdrücke waren außer denen des Geldheinis - wie mein Freund zu sagen pflegt - keine drauf."

„Waldemar du bist ein Schatz!", sagt Stüber und legt auf.

Nun ist sein Assistent an der Reihe. Stüber berichtet ihm die Neuigkeiten und will nun wissen, wie das mit den Geschenken in der Agentur genau abläuft.

„Na ja, die Firmenkunden lassen meistens die Geschenke auch verpacken. Ich gehe davon aus, dass es auch die G.M.Y.M. so bestellt hat."

„Okay, Mehldorn. Es gibt also jemanden, der die Gaben einpackt, beschriftet und in den Sack stopft. Den schnappt sich der Weihnachtsmann und zieht von dannen."

Mehldorn nickt.

„Also", resümiert Stüber, „wusste der Einpacker, dass der Whisky für Wenzlaff bestimmt war und er war auch der Letzte, der damit in Berührung kam. Also, wenn man mal vom Weihnachtsmann absieht."

Mehldorn stöhnt zwar wieder, beschließt aber den letzten Satz nicht zu kommentieren. „Dann hätten wir als Verdächtige die Kupfer und denjenigen, der verpackt hat."

„Wäre da noch jemand zuvor oder danach rangekommen?"

„Eigentlich nur der Geschäftsführer und sein Kompagnon. Es sind die Einzigen, die Zugang zum Lager haben. Jeder muss sich seinen Auftrag bei ihnen abholen."

Mit den Worten „Also kämen die auch in Frage." schließt Stüber das Thema ab. Während Mehldorn den Dienst-BMW zielsicher durch den Leipziger Berufsverkehr manövriert, studiert Stüber die Liste der Anwesenden, die sie vor ihrer Abfahrt erhalten haben.

„Wie es aussieht, waren 25 Personen auf der Party. Dreiundzwanzig von Beginn an. Ein gewisser Klaus Fürholz kam zehn und eine Ina Rudolph dreißig Minuten später."

Mehldorn bremst unvermittelt und fordert Stüber auf, den letzten Namen nochmal zu lesen. „Ina Rudolph. Hier steht, sie wäre Auszubildende."

Mehldorn sinniert. „Der Name kommt mir bekannt vor."

„Wundert mich nicht. Ist das nicht der Name Ihres Rentiers?"

„Dreimal militärisch kurz gelacht: Ha - Ha - Ha! Der Name des Rentiers wird mit ‚F' geschrieben. Der auf der Liste auch?"

„Nein, hier steht ein Pe-Ha."

Mehldorn geht ein Licht auf. „Chef, ich habe da eine Idee." Er setzt das Blaulicht aufs Dach und gibt kräftig Gas.

Stüber beschwert sich. „Mensch Mehldorn, wenn das wieder so eine Sherlock Holmes - Nummer wird, geh ich in Rente."

„Na dann holen Sie sich schon mal die Formulare, Chef."

In der Agentur herrscht reges Treiben. „So kurz vor Weihnachten spielen die alle verrückt", kommentiert Agenturchef Dieter Fuchs die Betriebsamkeit.

Ohne langes Federlesen erkundigt sich Mehldorn, ob die Petra schon da ist. Fuchs nickt nur und flugs sind die Polizisten an ihrer Tür. ‚Geschenkeservice - Zutritt nur für Berechtigte' ist am Türschild zu lesen und darunter die Namen. Stüber erkennt einen davon wieder: Rudolph. Petra Rudolph.

„Hallo Petra", begrüßt Mehldorn seine Kollegin. „Wie geht es denn deiner Tochter?"

Die Angesprochene schaut erstaunt von ihrem Tisch auf. „Was machst du denn schon hier? Bist du nicht erst morgen wieder dran? Und wie kommst du auf meine Tochter?"

„Nur so, sie ist mir vorhin bei einem unserer Kunden über den Weg gelaufen. In welchem Monat ist sie denn?"

„Ich frage mich, woher du meine Tochter kennst?", reagiert die Rudolph verunsichert.

„Ich habe sie an ihren Augen erkannt. Sie hat die gleichen Augen wie ihre Mutter. Aber sie waren etwas rot geheult. Kann es sein, dass der Vater jetzt tot ist?"

„Ich verstehe nicht, was du von mir willst?", regt sich die Rudolph auf. „Was Ina macht, geht mich nichts an. Sie hat ihren eigenen Kopf."

„Das sehe ich anders", kontert Mehldorn und wendet sich jetzt an seinen Chef, der immer noch Bahnhof versteht. „Die Rudolphs haben eine Heizungsfirma. Alle Außenanlagen müssen gegen Frost geschützt werden. Dazu wird reichlich Frostschutzmittel benötigt, was wir bestimmt in deren Lager finden. Außerdem ist Frau Rudolph ausgebildete Krankenschwester, kennt sich also mit Spritzen aus."

Petra Rudolph fällt auf ihren Stuhl, vergräbt das Gesicht in den Händen und beginnt zu schluchzen. Stüber sieht zu Mehldorn und dann wieder zu ihr. „Frau Rudolph, wollen Sie uns nicht etwas sagen?"

Das Schluchzen steigert sich. „Dieses elende Schwein. Meine arme Ina so auszunutzen und mit dem Kind alleine lassen zu wollen. Dabei hat dieser Mistkerl schon wieder die Nächste aufgerissen. Er hat seine Strafe mehr als verdient."

„Da kam dir der Auftrag gerade recht. Du hast den Namen auf der Liste erkannt und diesem Kerl seiner gerechten Strafe zugeführt", kommt Mehldorn zum Schluss.

„Und jetzt ist der Vater deines Enkels tot und seine Oma kommt in den Knast."

Die Rudolph schreckt hoch. „Was? Der ist tot? Um Gottes willen, das wollte ich doch nicht. Ich wollte ihm nur eine Lektion erteilen. Das musst du mir glauben!"

Die Polizisten nicken sich zu und Petra Rudolph lässt sich wortlos abführen.

Der Abend endet wie immer bei Roberto.

Stüber greift nach dem letzten Happen seines *Saltimbocca a la Romana* zum Weinglas und hebt es zum Anstoßen an.

„Trinken wir auf unseren verdeckten Ermittler und darauf, dass wir die bösen Banker dieser Stadt weiterhin das Fürchten lehren."

Darauf klingen die Gläser hell wie Engelsglocken. Waldemar lässt den edlen Traubensaft noch nachwirken. „Sag mal Stüber. Was hat dein Kumpel eigentlich mit dem Engelsschiss gemeint, den ich trotz Sättigung unbedingt probieren soll?"

„Das ist sein Bitterschokoladen-Mousse. Das macht er ganz alleine und ich habe noch nirgendwo sonst so etwas Edles gegessen."

„Und was ist da Besonderes dran?", will Waldemar wissen.

„Naja, es ist eigentlich normales Mousse aus Sahne und Bitterschokolade, was zur Rose gekocht und langsam abgekühlt wird. Dann kommt vorsichtig Eigelb dazu und zum Schluss wird noch Gelatine und Eischnee untergehoben."

„Klingt doch aber wie jedes andere Schokomousse."

„Genau, aber Roberto würzt das Ganze noch mit Chili und kombiniert es mit einer Maracuja-Soße. Einfach superlecker", schwärmt Stüber.

„Na gut, wenn du alter Schnüffler so begeistert bist, wird´s wohl so sein."

„Ist es. Du darfst nur nicht erschrecken, wenn du auf die Maracuja-Kerne beißt", ergänzt Stüber während Roberto das Dessert serviert.

„Und nun mein lieber Mehldorn bin ich bloß noch gespannt, wie Sie mich auf diese Teambildungsmaßnahme bringen wollen. "

„Mein lieber Chef das brauche ich gar nicht. Sie wollen doch bloß wieder den Onkel Doktor piesacken und tragen sich wie letztes Jahr erst fünf Minuten vor Schluss ein."

„Mehldorn Sie machen mir Angst. Woher wissen Sie denn das nun wieder?"

Der lehnt sich zurück, nimmt einen Schluck und genießt den Augenblick.

„Na ich bin doch der Weihnachtsmann. Schon vergessen?"

Eine Seefahrt

die ist tödlich

Ein lautes Klingen schallt durch die Kantine des Leipziger Polizei-präsidiums. Doktor Alois Meyer-Krefeld, Chef der hiesigen Mord-kommission, schlägt mit einem Löffel gegen sein Glas und da, wo eben noch atemlos durch die Nacht getanzt wurde, herrscht jetzt gespannte Erwartung.

„Sehr geehrte Kolleginnen und Kollegen. Ich darf Sie nun zum Hö-hepunkt unserer Jahresabschlussfeier um Aufmerksamkeit bitten." Feierlich tritt er an eine Lostrommel, wo schon seine überaus hüb-sche Assistentin wartet.

„Unsere Frau Kiebitz wird nun den Gewinner unserer diesjährigen Tombola ziehen. Unsere Stadt hat - und da möchte ich nochmals und ausdrücklich unserem Stadtkämmerer, Bürgermeister Ferdi-nand Pfennighaus, für die großzügige Spende danken - also er, ähm sie, also die Stadt Leipzig, hat es uns ermöglicht, dieses Jahr einen ganz besonderen Preis auszulosen. Es ist - und nun halten Sie sich fest - es ist eine Ostseekreuzfahrt auf der MS Alabama für zwei Per-sonen. Na Kollegen, höre ich da was?"

Tosender Beifall brandet auf, einige rufen „Bravo" und „Juhuhu", und als sich der Sturm gelegt hat, schreitet Meyer-Krefeld zur Tat, dreht kräftig an der Lostrommel und lässt die Kiebitz stilvoll hineingreifen. Oh ja, sie macht es spannend, wühlt lange in den zahlreichen Losen, den Blick auffällig zur Decke gerichtet. Dann holt sie ein Zettelchen heraus und überreicht es feierlich ihrem Chef. Der faltet es ebenso feierlich auseinander und liest den Namen. Dann verkündet er die-sen laut und deutlich, so dass es auch wirklich jeder mitbekommt.

„Gewonnen hat unser Kollege" - er lässt den DJ einen Trommelwir-bel einspielen - „Eine Ostsee-Kreuzfahrt für zwei Personen auf der MS Alabama hat gewonnen" - nochmal ein Trommelwirbel und dann intoniert er im besten Michael-Buffer-Singsang - „Kommissar Mehl-dorn!"

Tosender Beifall brandet auf, alle stürmen auf ihren sympathischen Kollegen zu. Der versucht sich zu wehren, wird aber dann doch mit reichlich Händeschütteln und Schulterklopfen in Richtung Bühne mehr geschoben als gedrängt. Dort überreicht ihm Doktor Meyer-Krefeld mit seiner Schönen einen übergroßen Scheck, dazu kräftiges Händeschütteln, noch ein Wangenküsschen von der Kiebitz dazu und schon gibt es einen mehr oder weniger strahlenden Gewinner. Alle freuen sich für ihren sympathischen Kollegen - nur er nicht, denn seine langjährige Freundin hat ihm gerade erst den Laufpass gegeben.

Hauptkommissar Stüber zieht ein Gesicht wie zehn Tage Regenwetter, wuchtet seinen Koffer auf kleinen den Tisch am Kabinenfenster und mault herum wie Marlow, wenn er keine Zigaretten hat.

„Mensch Mehldorn, warum hab ich mich bloß auf diesen Schwachsinn eingelassen. Sie und ich in einer Kabine. Die Leute werden noch denken wir sind schwul. Zum Glück stehen die Betten auseinander."

„Ach Chef", will der Angemaulte erwidern, wird aber sogleich mit einem energischen ‚Ich bin hier nicht der Chef, ich bin im Urlaub' unterbrochen.

„Na dann eben ‚ach Stüber', nun haben Sie sich doch nicht so. Wir werden uns schon vertragen. Schließlich können Sie doch froh sein, dass ich Sie mitgenommen habe. Ich hätte ja auch die Kiebitz fragen können."

„Die ist doch viel zu jung für Sie, die quiekt doch noch."

„Na und? Sie sind wohl nicht zu alt für mich? Wir könnten uns ja als Vater und Sohn ausgeben."

Stüber rollt mit den Augen. „Sie und mein Sohn! Das fehlte noch."

Nachdem alles verstaut ist und nach weiterer mehr oder weniger ernst gemeinten Vater-Sohn-Debatten auch die Reviere im Badezimmer abgesteckt sind, schickt sich Mehldorn an, das Auslaufen der MS Alabama an Deck zu verfolgen. „Kommen Sie mit? Der Dampfer schiebt sich gleich von der Kaimauer."

„Gehen Sie mal vor, ich leg mich erstmal ein Stündchen aufs Ohr."

„Stimmt, in Ihrem Alter fehlt einfach der Mittagsschlaf", kommentiert Mehldorn und lässt die Tür zufallen.

Einige Zeit später, das Schiff hat den Hafen schon weit hinter sich gelassen, schlendert Stüber sichtlich ausgeruht auf dem Promenadendeck. Er begegnet dabei fast nur Paaren und tief in seinem Inneren muss er zugeben, dass das Single-Dasein auch seine Schattenseiten hat. Aber schon im nächsten Moment ist er froh darüber, denn Zweisamkeit und Polizistenleben passen nach seiner Überzeugung einfach nicht zusammen. Er lehnt sich an die Reling, zieht den Kragen hoch, schaut über die bleigraue Ostsee und beobachtet die tief hängenden Wolken, die zum Glück schon ihr Wasser vergossen haben. Einige Möwen stellen im Wind ihre Flugkünste unter Beweis und begleiten Stüber in Richtung Achtern.

Plötzlich durchzuckt es ihn wie ein Blitz. Er reißt die Augen auf, als hätte er den leibhaftigen Teufel gesehen. Es ist aber nicht der Satan, sondern kein geringerer als Doktor Alois Meyer-Krefeld. Oder doch nicht? Das Paar an der Reling wenige Meter vor ihm schaut über das Meer, ohne ihn zu bemerken. Dann sieht er den Mann von der Seite und Stüber ist sich sicher, dass es nicht Meyer Krefeld ist. Oder ist er es doch? Er will noch näher ran. Aber im Moment des Entschlusses gehen die beiden weiter, erreichen eine Tür und sind entschwunden, ohne dass Stüber dem Mann ins Gesicht schauen konnte. Er redet sich ein, dass es nicht sein verhasster Chef gewesen sein kann, aber ganz tief bohrt noch der Zweifel.

Im nächsten Moment steht Mehldorn neben ihm. „Ach hier stecken Sie. Hab mir schon gedacht, dass Sie sich den Wind um die Nase und den Schlaf aus den Augen wehen lassen." Stüber wendet sich ihm zu und jetzt ist es Mehldorn, der erschrickt.

„Mensch Stüber, was kucken Sie denn so? Haben Sie schlecht geträumt? Wir waren uns doch vorhin einig."

„Mehldorn, ich habe einen Geist gesehen", spricht Stüber wie in Trance.

„Also wenn schon, dann doch eher den Klabautermann."

Stüber immer noch halb abwesend. „Nein, es war der Meyer-Krefeld."

„Okay, ich ahnte, dass Sie dringend Urlaub brauchen."

Jetzt ist Stüber hellwach. „Nein doch, im Ernst. Das war der Meyer-Krefeld, mit einer Frau, Arm in Arm und ist dort vorn durch die Tür verschwunden" und zeigt in die Richtung des Ausgangs.

„Ach Stüber, da bin ich doch grade raus und mir kam nur ein Paar entgegen. Der Mann hatte vielleicht eine ähnliche Frisur aber Sie können's mir glauben. Das war nicht der Meyer-Krefeld."

„Sicher?"

„Ja sicher, so wahr ich hier mit Ihnen auf der Ostsee schippere", beteuert Mehldorn und hebt die Finger zum Schwur.

Stüber ist erleichtert, aber der Schock sitzt immer noch tief. „Na gut, wenn Sie es sagen. Kommen Sie Mehldorn, vertreiben wir den Schreck mit einem Drink an der Bar."

Zwei Decks tiefer hat Rüdiger Pauli gerade mit seiner Frau die Kabine verlassen, um vor dem Dinner nochmal an Deck zu gehen.

Zärtlich legt er seinen Arm um ihre Schulter und schlendert in Richtung Promenadenlift. Ein zartes ‚Ping' signalisiert dessen Eintreffen. Mit leisem Surren öffnet sich die Tür. Das Paar in der Kabine tritt einen Schritt nach hinten und deutet mit leichtem Kopfnicken einen Gruß an. Urplötzlich drängt Pauli seine Frau in den Lift und krampft dabei seine Hand so fest in ihre Schulter, dass sie mit einem verhaltenen ‚Aua, was machst du denn da?' ihren Mann anherrscht. Der Gescholtene wartet einen Moment, bis sich die Kabinentür schließt, um dann seiner Aufregung Ausdruck zu verleihen.

„Entschuldigung Schatz, aber hast du den Kerl da eben gesehen?"

„Nein, was ist denn mit dem?"

„Wenn ich richtig gesehen habe, dann war das dieses elende Mistschwein von dem Hedgefonds, der meinen Vater erst in den Ruin und dann zum Selbstmord getrieben hat."

„Bist du sicher? War der nicht viel jünger?"

„Aber bombensicher! Das war der, glaub mir. Ich habe vorhin bei der Anmeldung gehört, dass sich mehrere Typen über Aktien, Leerverkäufe, Derivate und lauter solchen Mist unterhalten haben. Kann doch sein, dass die hier ihre dicken Bonuszahlungen auf den Kopf hauen. Wenn ich den erwische, schmeiß ich ihn über Bord und hau ihm vorher ordentlich noch eine rein."

„Das wirst du schön bleiben lassen oder willst du wegen diesen Betrügern auch noch ins Gefängnis?", versucht die Pauli ihren Mann zu beruhigen.

„Schatz, der hat meinen Vater auf dem Gewissen!"

„Na und? Ich will aber keinen Mörder zum Mann!"

Rüdiger Pauli setzt an um noch etwas sagen, winkt aber ab, vergräbt die Fäuste in den Taschen. Als der Fahrstuhl hält und ein weiteres

Paar eintreten will, lässt er seine Frau verständnislos allein weiterfahren. Sein Weg führt ihn schnurstracks zur Rezeption. Unter einem Vorwand erkundigt er sich, ob denn die Damen und Herren der *Financial Winners AG* schon eingecheckt haben. Als ihm die Empfangsdame das bestätigt, wird seine Vermutung zur schrecklichen Gewissheit und Rüdiger Pauli kann nur noch an eines denken. Rache!

Kurz nach Sieben füllt sich das Restaurant zum Dinner. Der Dresscode lautet ‚Elegante Abendgarderobe', was Stüber schon wieder nervt.

„Da musste ich extra noch einkaufen, nur damit ich dem angeblichen Dresscode entspreche. Mensch Mehldorn, worauf habe ich mich nur eingelassen?" Dabei betont er das Wort ‚Dresscode' mit vollendeter Verachtung.

„Das liegt doch nur daran, weil Ihr Wohlstand nicht mehr in den Jugendweihe-Anzug passt."

„Machen Sie sich nur lustig. In dreißig Jahren hat sich Ihre Adonis-Figur auch verwachsen", rollt Stüber mit den Augen, während er sich müht die Krawatte zu binden. Es gelingt nur mäßig, so dass Mehldorn helfend eingreift.

„Meinen Sie ich kann das nicht mehr?", will Stüber zuerst ablehnen, aber Mehldorn bleibt hartnäckig.

„Hallo! Wir sind hier im Urlaub. Entspannen Sie sich!"

Auf dem Weg zum Restaurant begegnen sie einem turtelnden Pärchen, was keinesfalls zu Stübers Entspannung beiträgt. Als die Frau die beiden mustert und anschließend ihrem Mann etwas zuflüstert, zischt Stüber seinen Partner an. „Das nächste Mal gehen wir getrennte Wege. Die denken doch wirklich alle, wir sind schwul."

„Wir können uns ja ein Schild mit dem Wort ‚hetero' umhängen. Wäre das besser?"

„Ach ich weiß auch nicht", mault Stüber zurück.

Am Eingang des Restaurants werden sie von einem eleganten Steward mit einem freundlichen ‚Guten Abend' begrüßt. „Darf ich Sie nach Ihrer Kabinennummer fragen?" Leider regt sich bei solcherart Fragen unvermeidlich Stübers Groll. ‚Und was ist, wenn ich nein sage?', geht es ihm durch den Kopf, aber Mehldorn kommt ihm zuvor. „Mein Kollege und ich, wir bewohnen die Kabine 6411."

Charmant verweist der Steward die beiden an Tisch 21 und so schlendern sie gelassen an geschäftigen Kellnern und festlich gedeckten Tischen vorbei.

Als sie ihrem Tisch näherkommen, bleibt Mehldorn schlagartig stehen und fasst seinen Chef am Arm.

„Ach du heilige Scheiße, Sie hatten Recht."

„Ich habe meistens Recht, aber womit denn jetzt schon wieder?", gibt Stüber gelassen zurück, denn gerade hat er Gefallen an dieser Umgebung gefunden.

Mehldorn neigt sich an Stübers Ohr und spricht gefasst: „Ich glaube, Sie haben doch den Meyer-Krefeld gesehen."

Stüber schreckt so zusammen, dass er nur ein ‚Was?' über seine Lippen bringt.

„Sie müssen jetzt ganz stark sein. Ich glaube, wir sitzen sogar an seinem Tisch." Dabei fasst ihn Mehldorn am Arm und blickt beschwörend in seine Augen.

Stüber bleibt eine Sekunde wie gelähmt stehen, dann dreht er sich um, reißt sich von seinem Partner los und geht eilenden Schrittes in Richtung Ausgang. Mehldorn kann nur noch ein ‚Ohne mich' wahrnehmen und eilt hinterher. Am Treppenabsatz holt er ihn ein.

„Mensch Stüber", setzt er an, aber dieser fällt ihm sofort ins Wort.

„Nischt mit ‚Mensch Stüber', Sie haben das gewusst. Geben Sie es zu: Sie haben es gewusst und stecken mit diesem Arschloch unter einer Decke."

Mehldorn glaubt, sich zu verhören. „Aber nein doch ..."

„Lügen Sie mich nicht noch an! Ich glaube Ihnen kein Wort. Sie wollten nur, dass ich mich mit diesem Idioten anfreunde. Aber da haben Sie sich geirrt. Ich breche dieses Himmelfahrtskommando ab. Ich steige aus. Und wenn ich zurückschwimmen muss. Basta!"

Mehldorn versucht vergeblich, den Redeschwall seines Chefs zu unterbrechen, und weil sie bereits Aufmerksamkeit erregen, ergreift er jetzt Stübers Arme und drückt sie so stark, dass der nur ein ‚Wollen Sie mich jetzt auch noch umringen?' ächzen kann.

„Verdammt nochmal, Chef, jetzt hören Sie mir endlich mal zu! Nehmen Sie eins zur Kenntnis. Ich - wusste - es - nicht! Und, damit Sie es genau wissen: Ich - finde - das - auch - Scheiße, verdammt nochmal!"

„Würden Sie mich gefälligst loslassen? Ich will in meine Kabine", bemüht sich Stüber, sich aus der Umklammerung winden.

„Nein. Ich lasse Sie nicht los, bevor Sie mir glauben. Mensch Stüber, oder auch nicht Mensch, ist mir auch egal. Wie lange kennen wir uns? Denken Sie wirklich, ich würde mir so einen Mist ausdenken?" Eine Sekunde Pause. Stüber hält still, Mehldorn lässt vorsichtig los und lässt noch eine Sekunde mit starrem Augenkontakt verstreichen.

„Chef, kommen Sie. Sie sagen doch immer ‚Was uns nicht umbringt macht uns stärker'. Jetzt wird sich zeigen, was Sie wirklich für eine coole Sau sind." Eine weitere Sekunde Pause. Stüber steht wie gelähmt.

„Kommen Sie Chef, lassen wir uns von dem nicht den Urlaub versauen. Wir sind die Besseren, die Stärkeren, die echt Coolen", und damit greift er ihn wieder am Arm, jetzt aber eher freundschaftlich und zieht ihn sacht in Richtung Restaurant. Ein versöhnliches ‚Wir können ja morgen fragen, ob wir einen anderen Tisch bekommen' bricht endgültig Stübers Widerstand. Auf dem Weg einigen sich beide noch über eine brauchbare Taktik.

„Was halten Sie davon, wenn wir diesen Arsch einfach ignorieren?", schlägt Mehldorn vor.

„Na ja, so kann's vielleicht gehen", besinnt sich Stüber und seine Stimmung bessert sich.

Als Sie schließlich ihre Plätze erreichen, treten beide an den großen runden Tisch und begrüßen die drei bereits anwesenden Paare mit einem freundlichen ‚Guten Abend'.

Jetzt ist es Meyer-Krefeld, der bis ins Mark erschrickt und sich sogleich am Aperitif verschluckt. Nur mit Mühe kann er eine Sherry-Fontäne quer über den Tisch mit der Serviette verhindern und die Frau an seiner Seite versucht mit sachten Schlägen auf den Rücken ihn von seiner Pein zu befreien.

Ein Kellner tritt heran, begrüßt die beiden Nachzügler und serviert ihnen den Begrüßungscocktail. Sie heben ihre Gläser und senden ein dezentes ‚Prosit' in die Runde. Die anderen tun es ihnen gleich und inzwischen hat auch Meyer-Krefeld seinen Schluck Sherry aus der Luftröhre gewürgt. Er tupft sich mit der Serviette und schiebt ein tonloses ‚Guten Abend' hinterher.

Nach einer Sekunde des Schweigens räuspert sich der Herr an Stübers Seite und rückt instinktiv seine dunkelblaue Fliege zurecht.

Das ist aber nicht nötig, denn sie sitzt genauso korrekt, wie das farblich passende Einstecktuch und die zum Scheitel gekämmte Kurzhaarfrisur.

„Nu hocke mer zwa Woche hier zsamm, da tät i vorschlagn, dass mer uns mit a ´nand bekannt mache", bayert er in die Runde und deutet auf die dralle Mittfünfzigerin mit blondem hochtoupiertem Haar neben ihm.

„Mir san´s de Ochsensteins beziehungsweis de *von* Ochsensteins. Des is mei Gisela und i bin da Carlo." Beide heben ihr Glas und deuten nun ihrerseits ein ‚Prosit' an.

Es ist der Einsatz für das Paar an Mehldorns Seite. Beide in etwa gleich alt wie die von Ochsensteins, auch in feinem Tuch, aber deutlich   sportlicher.
„Ja und wir sind Ingrid und Dieter Backhaus. Der Carlo und ich sind Kollegen. Wir arbeiten als Investmentberater bei der *Financial Winners AG*. Weitere unserer Kollegen sitzen da hinten. Wir machen jedes Jahr um diese Zeit unsere Sommertour", er zeigt auf einen großen Tisch am Ende des Restaurants.

„Mia san fast vierz´g Mann, so z´sogn a g`ballte Finanzkompetenz. Stimmt's Dieda?", ergänzt Carlo und schenkt seinem Kollegen ein kumpelhaftes Augenzwinkern. „Oiso, wenn´s bei de Geldgschäft a Beratung woits", jetzt breitet er beide Hände aus, "da seids ia praktisch unda Profis." Sein tiefes bajuwarisch und dazu das schallende Lachen lässt Stüber das Blut in den Adern kochen.

„Wohl eher unter Gaunern", zischt er zu seinem Assistenten. „Bei so viel krimineller Energie hier an Bord, hätte man den Kahn lieber ‚Alibaba und die vierzig Räuber' taufen sollen."

Leider hat es jeder gehört.

Über den Tisch legt sich eisiges Schweigen. Meyer-Krefelds Blut sammelt sich bereits wieder in seinem Gesicht und Carlo von Ochsenstein sieht verstört zu seinem Kollegen. Es ist seine Gisela, die einen neuen Anlauf der Verständigung versucht.

„Und Sie", dabei schaut sie in Stübers Richtung, „Sie machen hier gemeinsam Urlaub?"

Jetzt ist es Stübers Blutdruck, der steigt. „Mein Name ist Stüber und das ist mein Kollege *Herr* Mehldorn", antwortet er und betont das ‚Herr' ganz besonders. „Wir machen nicht *gemeinsam* Urlaub. Wir sind nur zur gleichen Zeit auf demselben Schiff."

„Wir haben die Reise auf unserer Betriebsfeier gewonnen", ergänzt Mehldorn.

„Na so ein Zufall. Also auch Kollegen", ist Carlos Frau ganz verzückt.

Mehldorn ergänzt: „Ja und es kommt noch besser." Er weist mit seinem Glas in der Hand zu seinem Gegenüber. „Das ist unser Chef, Herr Doktor Alois Meyer-Krefeld."

Meyer-Krefeld hüstelt kurz. „Ähm, ja genau. Wir sind alle Kollegen. Ähm, ja und das ist meine Frau Siglinde."

Die von Ochsenstein bohrt weiter. „Und Sie haben alle diese Reise gewonnen? Na, das ist ja toll."

„Nein, nein", beeilt sich Meyer-Krefeld aufzuklären. „Meine Frau und ich, ähm, wir haben die Reise nicht gewonnen. Als ich diese für unsere Tombola ausgesucht habe, kam uns nur die Idee, einfach das Ganze auch für uns privat zu buchen. Dass wir nun auch am selben Tisch sitzen, ist purer Zufall." Stüber ertappt sich dabei, Vergnügen an der Verlegenheit seines Chefs zu empfinden.

Frau von Ochsenstein bleibt neugierig. „Das muss ja eine super Firma sein, die sie da haben."

Meyer-Krefeld räuspert sich wieder und antwortet etwas kleinlaut. „Wir sind in keiner Firma. Wir arbeiten bei der Leipziger Kriminalpolizei und ich bin der Chef der Mordkommission."

Carlo von Ochsenstein haut mit der flachen Hand so auf den Tisch, dass die Teller klappern. „Ja Kruzi Türkn, da ham ma ja nua an Tisch voi Bulln! Jetz wearn ma a no bewacht!"

„Und dann noch mit Leit von drüm aus´m Ostn", fügt sein Kollege staunend hinzu, der nun seine Herkunft auch nicht mehr leugnen kann.

„Oh", entfährt es Gisela und von Ochsenstein sieht seine Chance. Er setzt einen drauf, indem er seine Frau fragt: „Waßt, welche Buchstam auf den ihrn Dienstwagn dra stehn?"

Pause.

„GB!"

Wieder Pause.

„Na **G**riminal **B**olizei", prustet Carlo jetzt los, und während er sich ganz alleine halb totlacht, blicken Frau und Kollegenpärchen eher peinlich berührt in die Runde.

„Mordkommission!", Stüber spuckt das Wort förmlich auf den Tisch. „Wir sind von der Mordkommission und wissen Sie, welcher Berufsstand in Leipzig seltsamerweise am gefährlichsten lebt?"

Von Ochsenstein, wieder beruhigt, blickt erwartungsvoll in die Runde.

„Unsere letzten Fälle waren alles Morde an korrupten, geldgeilen Bankern und Finanzhaien. Übrigens Aufklärungsquote 100%, Verhinderungsrate null. Also machen Sie um Leipzig lieber einen Bogen."

Schweigen. Entsetzen.

Meyer-Krefeld kämpft wieder mit seinem Blutdruck, und noch ehe er etwas erklären kann, wird die Vorspeise, ein Rinder Carpaccio mit Feldsalat, Parmesanspänen und Trüffelöl serviert. Es ist der Moment, wo Stüber alles umher vergisst. Es ist ihm egal, ob der Meyer-Krefeld gleich einen Infarkt erleidet oder der Geldheini Muffensausen hat.

Dieses Essen entschädigt für alles.

Einige Tage und mehr oder weniger belustigende Tischgespräche später, wird Stüber kurz nach Mitternacht von einem lauten Klopfen hochschreckt. Der überaus interessante und anstrengende Landgang in Tallin hat müde gemacht und so waren die beiden Kommissare nach einigen Drinks ziemlich früh in der Koje verschwunden und sofort eingeschlafen. Mehldorn jedoch erst, als er Stübers lautstarke Holzfällaktion mit zwei Ohrstöpseln ausgeblendet hat. So geht auch das Klopfen an ihm vorbei.

Stüber richtet sich auf und schlurft schlaftrunken in Richtung Tür. Das schwache Licht des Notausgang-Schildes über der Kabinentür reicht ihm als Wegweiser. Als er die Tür einen Spalt öffnet, wird er gleich doppelt geweckt. Erstens vom grellen Licht der Flurbeleuchtung und zweitens durch den Anblick Meyer-Krefelds. Instinktiv will er die Tür schnell wieder schließen, denn auch wenn sie zusammen dinieren müssen, heißt das noch lange nicht, dass Stübers tiefsitzende Abneigung gegen seinen Chef verdaut ist. Doch der andere kommt ihm zuvor.

„Stüber, Sie müssen mir helfen."

„Bei was? Ins Meer springen können Sie wohl nicht alleine?"

Meyer-Krefeld zuckt kurz, reißt sich aber zusammen. „Stüber, mir ist nicht zum Scherzen. Mich wollte soeben jemand umbringen!"

„Und warum hat er´s nicht gemacht?"

„Stüber, nun lassen Sie doch mal Ihre Feindseligkeit. Ich stand auf dem Promenadendeck und wollte nochmal kurz die frische Seeluft genießen. Plötzlich packte mich jemand von hinten an der Gurgel, versuchte, mich zu würgen und zugleich über Bord zu stoßen." Zur Bestätigung lüftet Meyer-Krefeld den Kragen seiner Jacke und zum Vorschein kommt der Ansatz eines Hämatoms.

„Sie sehen aber trocken aus. Was hat ihn davon abgehalten, seine Tat zu vollenden?"

„Das ist es ja, was mich stutzig macht. Er packte mich von hinten und drückte zu. Ich habe mich natürlich gewehrt. Dabei konnte ich mich umdrehen. Plötzlich starrte er mich an, hielt inne und ließ los. Eine Sekunde später war er verschwunden."

„Sie haben ihn gesehen. Wie sah er denn aus?"

„Weiß ich nicht, es ging alles so schnell und außerdem war es dunkel", gibt Meyer-Krefeld kleinlaut zu.

Stüber stöhnt hörbar auf. „Und was soll ich da jetzt machen? Mitten in der Nacht? Soll ich vor Ihrer Kabine Wache schieben?"

„Keine Ahnung, Sie sind doch der Polizist."

„Ach ja und Sie sind ja bei der Heilsarmee", gibt sich Stüber genervt.

Meyer-Krefeld sieht Stüber an und zuckt mit den Schultern. „Ich weiß es doch auch nicht. Fest steht, da läuft ein Verrückter herum, der mich über die Reling werfen wollte."

„Oder jemand anderen", sinniert Stüber.

„Wieso jemand anderen? Er hat mich doch angegriffen."

„Und wieder losgelassen, als er Sie genauer gesehen hat. Wenn es so ist, wie Sie es schildern, dann hat es der Angreifer auf jemand anderes abgesehen. Um den müssen wir uns kümmern."

Meyer-Krefeld hält einen Moment inne. „Sie meinen, es gibt jemanden hier an Bord, dem ich ähnlichsehe?"

„Ich weiß nicht, aber die Möglichkeit besteht. Und so gesehen können Sie beruhigt in Ihre Kabine gehen und von einem Bad in der Ostsee träumen."

„Meinen Sie wirklich?"

„Ich denke schon."

Beide sehen sich an und zögern einen Moment, bevor sich Meyer-Krefeld mit einem zaghaften ‚Na dann gute Nacht' zum Gehen wendet. Stüber schließt leise die Kabinentür. Sein Mitbewohner hat von alldem nichts mitbekommen und wenig später befindet sich Stüber wieder unter den Holzfällern.

Leise öffnet Rüdiger Pauli die Kabinentür. Das Flurlicht wirft einen Schein ins Innere. Es genügt, um Frau Pauli hochschrecken zu lassen. „Wo kommst du denn her?"

„Ich konnte nicht einschlafen, bin nochmal an die frische Luft und hab mir einen Drink gegönnt." Es genügt ihr. Mit einem wohligen Grummeln kuschelt sie sich wieder in ihre Decke und ist Sekunden später wieder im Reich der Träume. Ganz anders ihr Rüdiger. Er konnte gerade so seinen Alkoholspiegel verbergen, findet nur mühsam in die Nachtwäsche, legt sich aufs Bett und starrt an die Kabinendecke.

„Mist, verdammter Mist!", flucht er leise vor sich hin. Wie konnte er sich nur so irren? Pauli sieht diesen Typen noch genau vor sich. Wie der an der Reling steht und er ihm die Gurgel zudrückt und versucht das Schwein über Bord zu stoßen. Wie konnte er ahnen, dass er sich so irren kann? Dabei war er sich seiner Sache so sicher. Die gleiche Figur, der gleiche Haarschnitt.

Wie konnte er sich nur so irren?

Pauli hofft inständig, dass der Typ ihn nicht wiedererkennt, wenn sie sich zufällig begegnen. So groß ist das Schiff nun auch wieder nicht. Erst, nachdem er sich übergeben hat, kommt er zur Ruhe.

Stüber tritt in die strahlende Morgensonne, die sich in tiefem Orange über dem Horizont erhebt. Eine leichte Brise weht ihm die Seeluft um die Nase. Es ist noch sehr früh. Das Promenadendeck ist wie leergefegt. Nur ein paar Jogger drehen ihre Runden auf dem Parcours. Stüber sucht sich eine Liege, rückt sie zurecht und genießt den grandiosen Sonnenaufgang.

Leider währt die Ruhe nicht lange, denn nur zwei Minuten später wird er vom donnernden Bass des Carlo von Ochsenstein in die raue Wirklichkeit zurückgeholt. „Ja wer hadn da auch a senile Bettflucht? Unsa Sachsnsheriff!"

Zu Stübers Unglück wuchtet Carlo seinen massigen Körper auf die Liege daneben und setzt unvermittelt den Monolog fort. „Hatt´s di a nimma in da Koje ghoitn? De Gisela is a so a Morgnmuffe. De braucht´s mindesd´ns a Stund, bis i mid ihr a Wörtl redn ko." Kurze Pause. „Dei Kompangion is woi a noch am schlaffa?"

Stüber deutet nur ein „Ja, der schläft noch' an und hofft, mit seiner Einsilbigkeit den Bayern die Lust an Konversation zu nehmen. Aber da hat er sich gründlich getäuscht. So schnell lässt sich ein von Ochsenstein nicht zur Ruhe bringen.

„Woast, so a Kreizfahrt, is scho was guads, feins. Da lernst Leid kenna, des glabd dia koana. Jetz kenne soga an Sheriff aus Sachsn."

Stüber quittiert mit einem Kopfnicken, immer noch im Glauben an baldig wiederkehrende Ruhe. Carlo indes lässt sich nicht beirren.

„Woast, dei Chef, des is ma scho Oana. Kummt der gestern auf d´Nachd in de Bar und moant, dasn oana umbringa wui. Ja, jez ham mia scho a paar gsuffa ghabt, und nacha freili glacht. Und da is a naus wie a begossna Pudl. Nacha ham ma uns erst rechd nimma eingriegt vo lauda Lacha."

Jetzt ist Stübers Neugier geweckt. „Wann war denn das genau?"

„Koa Ahnung, mia san zamm g´hoggt un g´soffe. Da ham ma´s net so mit´s da Zeit."

„So ungefähr reicht mir", lässt Stüber nicht locker.

Carlo sinniert einen Augenblick. „Wart moi, is kannt so um Mitternachd g´wesn soi. Oiso, als mia uns wieda beruigd ham, had mei Gisela gmoant, das ma heid in Petersburg san. Vastehsd mi? De had von heid g´sprocha, oiso war´s a scho heid und ned gestan, oiso nimma morgn. Vastehsd mi?"

Mit einem dahin gemurmelten ‚Verstehe' versucht Stüber, den Satz zu entschlüsseln und das Gespräch endgültig zu beenden. Er lehnt sich entschlossen zurück und schließt die Augen. Dieses Mal gelingt es ihm und Carlo verabschiedet sich mit einem ‚Na, da va´drid i mia no a bissl d´Fiass. Machs guad Sheriff und vaschlaf ned as Frühstügg'.

Die Einfahrt in Sankt Petersburg ist großartig. Mehldorn und Stüber konnten sich einen guten Platz an Deck sichern und genießen den Augenblick. Die Küste, gespickt mit prächtigen Palästen und Bürgerhäusern präsentiert sich in strahlender Pracht. Unablässig bannen Kameras, Smartphones und Handycams die Kulisse in ihre Speicher.

„Ich freue mich schon auf unsere Stadtrundfahrt. Und Sie sicher auf die russische Küche, wie ich Sie kenne."

„Oh ja, mein lieber Mehldorn. Das wird in der Tat spannend."

„Höre ich da so etwas wie Begeisterung?"

„Sie sind ja ein richtiger Schlaumeier", frotzelt Stüber, während er sein Fernglas schwenkt. „Wie kommen Sie denn darauf?"

„Na ich werde beileibe nicht so oft mit ‚mein Lieber' tituliert."

„Da können Sie mal sehen, wozu ich alles so im Stande bin. Vielleicht liegt es auch daran, dass uns irgendjemand den werten Herrn Doktor vom Halse schaffen will."

Mehldorn wendet sich schlagartig von der Kulisse ab. „Wollen Sie damit andeuten, dass jemand den Meyer-Krefeld ans Leder will?

„Jedenfalls hat er das behauptet, als er mitten in der Nacht vor unserer Kabinentür stand und Sie geschlafen haben wie ein Bär im Winter."

„Was? Der stand bei uns vor der Tür?"

„Wie ein begossener Pudel stand er da und hat gemeint, es hätte ihn jemand gewürgt und dabei über Bord werfen wollen. Als Beweis hat er mir seinen Hals gezeigt."

„Gab´s da was zu sehen?"

„Eine Rötung, vielleicht ein Hämatom. Konnte aber auch seine typisch violette Gesichtsfarbe sein. Schließlich war er ja schon wieder auf hundertachtzig."

„Und was halten Sie davon? Immerhin wäre es ein Mordversuch."

Stüber hält einen Moment inne und lässt den Blick übers Wasser zur Küste schweifen. „Ich weiß es nicht. Zuerst dachte ich, er wollte sich nur wichtigmachen oder Sympathiepunkte sammeln. Aber dann erzählte mir unser bajuwarisch-adliger Tischfuzzy heute Morgen, dass der Meyer-Krefeld gestern ganz verstört in der Bar aufgetaucht ist und das Gleiche behauptete. Nur dass die schon fast im Delirium waren und ihn ausgelacht haben."

„Dann könnte zumindest das mit den Sympathiepunkten entfallen", überlegt Mehldorn und beobachtet gedankenverloren das Eintreffen des Lotsen. „Was meinen Sie, sollten wir dem Sicherheitschef vielleicht einen Hinweis geben? Wenn das stimmt, ist er ja in Gefahr."

„Oder jemand anderes", gibt Stüber zu bedenken.

„Und wer sollte das sein?"

„Ich weiß nicht. Laut Krefeld hat der Täter von ihm abgelassen, als er ihm ins Gesicht sehen konnte."

„Soll heißen, der Täter hat unseren Kollegen mit jemandem verwechselt?", setzt Mehldorn den Gedanken fort.

„Kann doch sein. Ich habe schließlich ja auch eine Krefeld-Morgana gesehen."

„Das könnte ja bedeuten, dass der Täter seinen Plan mit der richtigen Zielperson noch umsetzen will. Umso mehr müssten wir den Sicherheitschef informieren."

Stüber nickt zustimmend. „Machen wir, aber erst sehen wir uns Sankt Petersburg an. Schließlich sind wir im Urlaub."

Just in diesem Moment ertönt die Durchsage, dass das Schiff in Kürze zum Landgang bereit ist und allen Gästen wird ein interessanter und spannender Tag gewünscht. Wenig später begeben sich alle in Richtung Ausgang, passieren die Sicherheitsschleuse, lassen ihre Bordausweise scannen und steigen die Gangway hinab, wo sie vom Schiffsfotografen erwartet werden. „Ein Erinnerungsfoto, bitte recht freundlich."

Nachdem der kamerascheue Stüber der Aufforderung nachkommt wenigstens etwas freundlich in die Linse zu kucken, macht es Klack-

Klack und schon werden alle vom hochsommerlich warmen Sant Petersburg in die Arme geschlossen.

Gleich nach ihrer Rückkehr an Bord begeben sich Stüber und Mehldorn an die Rezeption und verlangen den Chef der Bordsecurity zu sprechen. Erst nach einigen Telefonaten verrät die hübsche Stewardess, dass der Herr Kaspers leider verhindert sei und sie es morgen Vormittag nochmal versuchen sollen.

„Das ist sehr ungünstig", wendet Stüber ein und schaut auffällig auf das Namensschild. „Wir haben nämlich einen Hinweis, der möglicherweise jemandem an Bord zu einem längeren Leben verhelfen könnte. Also Nancy, vielleicht lässt sich doch etwas machen, oder?"

Die Stewardess schaut etwas verdutzt drein und verschwindet in das angrenzende Büro mit der Aufschrift ‚Backoffice'. Eine gefühlte Ewigkeit später erscheint sie wieder, jetzt in Begleitung eines Offiziers. Er ist hochgewachsen, breitschultrig und mit kantigem Gesicht. Entschlossenheit und Durchsetzungskraft sind die ersten Vokabeln, die Stüber bei seinem Anblick in den Sinn kommen. Sein fitnessgestählter Körper wirkt Respekt einflößend.

„Das sind die Herren", hört Stüber die Nancy sagen und dann an Stüber und Mehldorn gerichtet: „Darf ich Sie mit unserem Sicherheitsoffizier, Herrn Kaspers, bekannt machen."

Ein kurzer Händedruck und beide werden von ihm ohne Umschweife in das Büro gebeten.

„Nehmen Sie bitte Platz, hier sind wir ungestört. Verraten Sie mir zunächst, mit wem ich es zu tun habe?"

„Selbstverständlich", ergreift Mehldorn das Wort. „Mein Name ist Frank Mehldorn und das ist mein Kollege Alfred Stüber."

„Sie sind Kollegen", gibt sich Kaspers interessiert. „Und welcher Beschäftigung gehen Sie nach?"

„Wir sind Polizisten und arbeiten bei der Leipziger Mordkommission."

„Mordkommission, interessant. Und in welcher Angelegenheit wollen Sie mich sprechen?"

„Herr Kaspers, wir haben allen Grund zur Annahme, dass es hier an Bord den Versuch eines Tötungsverbrechens gab."

„Und was führt Sie zu der Annahme?", ist Kaspers jetzt überrascht.

„Es ist die Fügung des Zufalls, oder wie auch immer, dass wir mit unserem Chef gemeinsam hier an Bord sind. Und er berichtete uns gestern Nacht, dass er angegriffen wurde und jemand versucht hat, ihn über Bord zu entsorgen."

Interessiert verfolgt der Securityhüne Stübers Bericht von Doktor Meyer-Krefelds Erlebnis und der Wahrscheinlichkeit einer Verwechslung. „Okay, und Sie sind sicher, dass dieser, sagen wir Vorfall, sich wirklich so zugetragen hat?"

„Sicher bin ich mir ohne Beweise nie, Herr Kaspers. Aber unser Tischnachbar hat mir heute Morgen berichtet, dass Herr Meyer-Krefeld kurz nach Mitternacht in der Bar erschienen ist und das Gleiche behauptete. Außerdem konnte ich ein Hämatom an seinem Hals erkennen."

„Also fassen wir zusammen. Sie vermuten, dass es einen Mordversuch gegeben hat und jemand, der diesem Doktor Meyer-Krefeld sehr ähnlich sieht, nun in Gefahr ist. Sehe ich das richtig?" Die Kommissare nicken unisono und Kaspers wirft einen demonstrativen Blick zur Uhr.

„Okay. Meine Herren, ich danke Ihnen sehr für Ihre Information. Ich werde mit meiner Crew beraten, was wir tun können. Ich wünsche Ihnen noch einen angenehmen Aufenthalt an Bord." Damit erhebt er sich und lässt keinen Zweifel daran, dass er das Gespräch für beendet betrachtet.

Noch ein freundlicher Händedruck und fertig.

„Und nun Chef, was machen wir jetzt, da wir unsere Pflicht getan haben?"

„Ich würde sagen, wir genießen unser Abendessen und lassen den Tag bei einer guten Flasche Rotwein ausklingen bei der Sie mir erzählen, wie Peter der Große residiert hat."

„Na und ich will über die Geheimnisse der russischen Küche aufgeklärt werden. Ich kann mir vorstellen, dass mein lieber Chef da mächtig in seinem Element war."

„Und ob mein Lieber, und ob ..."

Schon von weitem ist das gurgelnde Lachen des Carlo von Ochsenstein zu hören.

„Woast, wie si da Wert vo an Trabbi vadoppen lassd? Da legsd oafach a Banane auf´n Rücksitz!" Wieder schallendes Lachen. „Der is guat woas?"

Während die westlich geborenen Tischnachbarn heftig mitlachen, ringt sich Stüber nur ein genervtes Lächeln ab. Kaum dass Carlo den nächsten Bissen des, nach Stübers Meinung perfekt geratenen Lammcarres verschlungen hat, versprüht er weitere alpenländische Geistesblitze.

„Un woast, warum de Ossis ned vom Affn abstamma? Wei oa Aff, im Lebm nia 40zg Joahr ohne oa Banane auskuma dad." Schallendes Lachen, wieder vornehmlich der Damen und Herren Altbundesbürger. Als Stüber das hervorragende Dessert, Mousse von weißer Schokolade mit Mangospalten und einigen Spritzern Grand Marnier, genüsslich vertilgt hat und das nächste Stakkato an Ossiwitzen über den Tisch geht, ist seine Geduld am Ende. Er wirft schwungvoll die

Serviette auf den Tisch, erhebt sich und schaut in die erstaunten Gesichter.

„Ich kenne übrigens auch Einen. Wissen Sie, wann die Bayern aussterben?" Allgemeines, leicht irritiertes Kopfschütteln. „Na wenn die Ostfriesen mit ihren dummen Kindern nicht mehr nach Bayern auswandern!"

Stüber genießt das Entsetzen in den Gesichtern der von Ochsensteins und der Backhausens, aber noch mehr erfreut ihn die Gesichtsfärbung Meyer-Krefelds. Er kann nicht anders als diesen einmaligen Anblick zu genießen, lacht so laut und künstlich, wie es geht, und wendet sich zum Gehen. Ringsum schaut man neugierig und effekthaschend in Richtung Stüber, der sich eilenden Fußes verdrückt. Einzig Mehldorn folgt ihm und sie schwenken in Richtung Bar.

„Mann Chef, das war spitze. Dem haben Sie so richtig eins gegeben. Kennen Sie noch mehr solche Dinger?", gibt sich Mehldorn begeistert.

„Leider nein, aber ich hoffe, es hat geholfen. Der geht mir aber so was auf den Sack."

„Da sind wir uns wieder mal einig. Und jetzt nehmen wir erst mal einen Drink. Schließlich muss ich diese entsetzten Blicke noch etwas nachwirken lassen."

Als Rüdiger Pauli in seine Kabine torkelt, liegt seine Frau schon im komaähnlichen Schlaf. Er schwingt sich in voller Montur aufs Bett und eine Sekunde später ist er im Reich der Träume. Es ist gerade mal ein Uhr dreißig, als er aufschreckt. Noch immer bemerkt er einen nicht unerheblichen Alkoholspiegel. In der Hoffnung auf etwas Ernüchterung entschließt sich Pauli, nochmal an Deck zu gehen und der Alkoholverbrennung mit frischem Sauerstoff auf die Sprünge zu helfen.

Zur gleichen Zeit verlassen die letzten Herren der *Financial Winners AG* die Bar. Einer von ihnen ist Peter Giermann. Anders als seine Kollegen schwenkt er, angeschlagen von der belebenden Wirkung edlen schottischen Whiskys, die Richtung zum Promenadendeck ein, um vor dem Bettgang noch den Blick auf die Millionen Lichter des schon ziemlich weit entfernten Sankt Petersburg zu genießen. Mehr oder weniger zielgerichtet bewegt er sich in Richtung Außenpool, den er dann zwei Etagen tiefer auf dem Geländer lehnend in seiner erfrischenden Herrlichkeit bewundert. Er spielt mit dem Gedanken an eine Runde Schwimmen, doch es kommt ganz anders. Wie er sich aufrichtet, steht kein anderer als Rüdiger Pauli neben ihm.

„Du elendes Mistschwein", ist das Letzte, was Giermann vernimmt, bevor Paulis rechtes Knie mit voller Wucht in seinen Weichteilen landet und ihm die Besinnung nimmt. Giermann rutscht wehrlos in Paulis Arme. Noch ein Tritt mit dem Knie und dann wuchtet ihn Pauli mit für seinen Zustand erstaunlicher Behändigkeit über das Geländer.

So hat sich Peter Giermann sein letztes Bad sicher nicht vorgestellt.

Wieder zurück öffnet Rüdiger Pauli leise die Kabinentür. Im diffusen Lichtschein sieht er seine Frau, immer noch tief in ihr Kissen eingekuschelt und selig schlafend. Schnell und geräuschlos tritt er ein und tastet sich zur Badtür. Kaum dass er dahinter verschwunden ist, stürzt er zur Toilette und übergibt sich, alles Innere nach außen kehrend, bis scheinbar sämtliche Eingeweide im Becken gelandet und gurgelnd entsorgt sind. Dann lehnt er sich rücklings an die Duschwand und windet sich im Heulkrampf. ‚Ich bin ein Mörder, ein elendiger, brutaler Killer‘, geht es ihm immer wieder durch den Kopf und wieder muss er sich übergeben. Aber es ist nur noch ein Keuchen und Husten.

Als er sich endlich beruhigt hat, entledigt er sich seiner Kleidung und schleicht in sein Bett. Dabei wird er vom leisen Schnarchen seiner Angetrauten begleitet.

‚Wenigstens hat sie nichts gemerkt', stellt Pauli erleichtert fest. Auch dass ihm auf dem Weg in seine Kabine niemand begegnet ist, trägt zu seiner Beruhigung bei. Keine Menschenseele war um diese noch Zeit unterwegs. Wie im Zeitlupentempo lässt er die Szene Revue passieren. ‚Nein, da war niemand', stellt er immer wieder fest und angefasst hat er außer dem Kerl auch nichts. Weiter beruhigend konstatiert er, dass es wirklich wie ein Unfall aussehen muss.

Wieder muss er sich übergeben. Dann flucht er leise vor sich hin. ‚Warum musste der auch auf dem Beckenrand landen! Es sollte doch nur ein ordentlicher Denkzettel sein!' Und jetzt hat er ein Menschenleben auf dem Gewissen. Zugegeben, ein Niederträchtiges und Fieses, aber das wird keinen Richter interessieren. Genau wie damals nicht, als er gegen diese Ganoven geklagt hatte.

Wie im Film sieht er den Kerl vor sich, seinen Abflug und wie er im Pool gelandet ist und regungslos halb im Wasser liegen blieb. Es war nicht mal was Anderes zu hören, als das Platschen und Überschwappen des Pools. Kann doch sein, dass der, besoffen wie er war, einfach das Gleichgewicht verloren hat und runter gestürzt ist. Kein Mensch wird eine Verbindung mit Pauli herstellen können. Er könnte mit seinem schlechten Gewissen davonkommen.

Wenn nur der Kerl von gestern Nacht keine Zicken macht!

Ein intensives Klopfen reißt Monika Giermann aus dem Schlaf. Sie tastet neben sich, aber da ist nichts. Sie blinzelt in Richtung Fernseher, dessen Digitaluhr matt leuchtend drei Uhr fünfzehn anzeigt. Wieder ein Klopfen, intensiv und fordernd.

„Ja ich komme doch schon" vor sich hin murmelnd kriecht sie aus dem Bett.

Drei Schritte später öffnet Monika Giermann die Kabinentür und schreckt zusammen, denn davor stehen gleich drei Herren in Uniform und ernsten Gesichtern.

„Oh Schreck", entfährt es ihr. Das galt aber nicht den Herren, sondern der plötzlichen Erkenntnis, dass sie nur im Nachthemd bekleidet drei fremden Männern gegenübersteht. Reflexartig schließt sie die Tür, bis nur noch ein schmaler Spalt offenbleibt.

„Herrgott was wollen Sie denn von mir. Was ist denn passiert, dass Sie so mitten in der Nacht an unsere Kabinentür trommeln?"

„Frau Giermann, mein Name ist Hans Hansen. Ich bin der Kapitän des Schiffes. Wir müssen Sie dringend sprechen."

„Hat das nicht Zeit bis morgen?"

„Nein Frau Giermann, es geht um Ihren Mann."

„Den finden Sie an der Bar", antwortet sie jetzt ziemlich verärgert.

Kapitän Hansen behält die Ruhe und nimmt einen etwas bestimmteren Tonfall an.

„Nein Frau Giermann. Da ist er nicht. Würden Sie sich bitte etwas überziehen. Wir müssen Sie wirklich bitten mit uns zu kommen."

Einen Moment zögert Monika Giermann noch, dann murmelt sie ein ‚Kleinen Moment bitte. Ich komme' und verschwindet ins Kabineninnere. Sie schlüpft in Jeans und Sweatshirt, zieht kurz den Kamm durch die Haare und ertappt sich bei dem Gedanken, welche Schuhe denn passend wären. Sie entscheidet sich für die flachen Slipper und tritt Sekunden später auf den Flur.

Kapitän Hansen empfängt sie mit einem angedeuteten Lächeln, aber nur um dem Ernst der Lage ein etwas versöhnliches Antlitz zu verleihen.

„Kommen Sie, wir gehen in mein Büro. Da entlang", und weist mit flach ausgestreckter Hand die Richtung. Frau Giermanns unablässiges Fragen, was denn eigentlich los sei, quittiert er fortan mit einem höflichen Schweigen. Sie erreichen eine Tür mit der Aufschrift ‚Crew only', die der Kapitän mittels Security-Card entriegelt. Dahinter empfängt sie ein kahler Flur, ein ebenso nüchtern weiß getünchtes Treppenhaus und nach einigen Stufen und weiteren Türen stehen sie in Kapitän Hansens Kajüte.

Er lädt Frau Giermann und seine Begleiter ein, auf einer schlichte Eleganz ausstrahlenden Sitzgruppe Platz zu nehmen. „Darf ich Ihnen etwas zu trinken anbieten?"

Frau Giermann, scheinbar am Rande einer Ohnmacht angekommen, fällt nur das Wort ‚Kaffee' ein. Während der Kapitän das Getränk ordert, bricht es aus ihr heraus.

„Sagen Sie mir nun endlich, was passiert ist? Es ist doch was passiert oder?"

Hansen setzt sich auf den verbliebenen freien Stuhl und schaut zuerst auf seine Fingernägel und dann gefasst in ihre Augen. „Frau Giermann, Sie dürfen mir glauben, dass es eine für mich und auch für uns einmalige und absolut außergewöhnliche Situation ist. Ich fahre seit über 10 Jahren zur See. Immer auf Schiffen mit vielen Passagieren, aber noch niemals musste ich eine derartige Situation bewältigen."

Frau Giermann bekommt einen entsetzten Blick. „Mein Mann! Sagen Sie, was ist mit meinem Mann?"

Hansen ergreift die Hand der verängstigten Frau, drückt sie leicht, kämpft mit einem dicken Kloß im Hals und sagt so gefasst wie nur möglich. „Frau Giermann, sie müssen jetzt bitte ganz stark sein. Ihrem Mann ist etwas zugestoßen."

Kapitän Hansen wirkt schwer betroffen. Besorgt schaut er aus dem Fenster seiner Kajüte. Zuerst die kurze Nacht, dann der tote Gast im Pool und nun der Hinweis dieser Polizisten. Noch nie gab es auf einem Schiff unter seinem Kommando einen derartigen Todesfall. Abgesehen von krankheitsbedingten Todesfällen vornehmlich älterer Gäste. Von seinen Kollegen weiß er, dass Passagiere spurlos verschwinden. Hin und wieder wird der Suizid von einer Kamera erfasst oder der Lebensmüde hinterlässt einen Abschiedsbrief. Aber oft genug sind die Personen einfach verschwunden. Immerhin nehmen sich jedes Jahr über zwanzig Menschen auf Kreuzfahrtschiffen das Leben, Tendenz steigend. Jetzt hat es auch eines seiner Schiffe getroffen. Und nun soll es sogar ein Mord sein!

„Was haben Sie unternommen, nachdem die Herren Sie informiert haben, Kaspers?"

Der Angesprochene unterrichtet den Kapitän, wie er Meyer-Krefelds Foto aus der Passagierliste gesucht und sein Team zusammengerufen hat. Zwei Mann haben dann unverzüglich mit der Sichtung der Fotos aller männlichen Gäste und einer mit denen der Crew begonnen. Auch die Videoaufzeichnung der Überwachungskameras wurden gesichtet. Aber beide Vorfälle, sowohl der angebliche Angriff, wie auch der wahrscheinliche Mord, haben sich in nicht sensiblen Zonen abgespielt, die nicht überwacht werden.

Hansen ist erstaunt. „Mit der Crew? Halten Sie das für notwendig?"

„Es ist mein Job, nichts dem Zufall zu überlassen. Aber wie dem auch sei, wir haben keine Person ausmachen können, die dem vermeintlich Angegriffenen ähnlichsieht. Daraufhin habe ich erhöhte Wachsamkeit mit zusätzlichen Streifen befohlen. Mehr konnten wir nicht tun", erklärt Kaspers mit einem Tonfall, der nach Rechtfertigung klingt.

„Schon gut Kaspers, schon gut. Man kann uns da nichts vorwerfen. Schließlich haben wir über zweitausend Gäste und neunhundert Crewmitglieder an Bord. Wir können nicht jeder männlichen Person einen Bodyguard beistellen. Jetzt haben wir aber leider einen Toten."

„Und den Hinweis, dass es einen Mordversuch gab."

„An dem aber - um den Worten dieser Polizisten zu folgen - nicht unbedingt etwas dran sein muss", setzt Hansen fort und blickt wieder gedankenverloren auf die leicht wogende See. Dann gibt er sich einen Ruck und lässt sich schwungvoll auf seinen Sessel fallen.

„Okay, was gedenken Sie weiter zu tun?"

Der Sicherheitschef faltet die Hände ineinander und verschränkt die Arme hinter dem Kopf. „Ich gehe immer noch von einem Eigenverschulden aus und in diesem Fall haben wir streng nach Vorschrift gehandelt. Die Reederei ist verständigt und wir sind angewiesen, die Leiche bis zu unserem Eintreffen in Kiel im Kühlfach zu lassen."

„Das ist keine Antwort auf meine Frage."

„Wenn wir von einem Unfall ausgehen, dann habe ich geantwortet. Wir halten uns an die Anweisungen und fertig", gibt der Sicherheitschef unmissverständlich zu verstehen.

„Und wenn es nun wirklich ein Mord war? Dann fahren wir einen Mörder spazieren. Wollen Sie das verantworten?", wird Hansen jetzt kategorisch.

„Auch dafür gibt es klare Anweisungen. Wir haben Spuren gesichert und den Vorfall genauestens dokumentiert. Alles Weitere untersteht der Polizeibehörde, in der unsere Reederei ihre Zentrale hat. Das ist in unserem Fall die Staatsanwaltschaft in Genua. Wir haben unsere Pflicht getan."

„Das weiß ich doch alles. Mir ist nur nicht wohl bei dem Gedanken, dass immerhin die Möglichkeit besteht, dass wir einen Mörder an Bord haben. Was ist, wenn der Kerl einfach weitermacht?"

Kaspers löst die Hände vom Hinterkopf und stützt sich auf den Tisch. „Sie sind der Kapitän. Ich kann es nur nochmal betonen: Wir sind nur bedingt Kriminalisten."

Hansen geht wieder zum Fenster, während Kaspers daran erinnert, dass sie die Bevölkerung einer Kleinstadt an Bord haben nur, dass keine Kleinstadt ohne Polizei auskommt. Schon lange fordert er einen Seamarshall, aber nichts tut sich.

Kapitän Hansen weiß das und trotzdem nagen die Zweifel. Er vertraut seinem Sicherheitschef, denn der macht seine Sache gut, hat sein Team im Griff. Es ist die dritte Reise mit ihm und die wenigen Vorkommnisse sprechen eine deutliche Sprache.

„Ich sage Ihnen jetzt etwas: Mir ist und bleibt unwohl bei der Sache. Natürlich haben Sie Recht. Wir sind keine Polizisten. Aber wir haben welche an Bord. Warum wollen wir die nicht um Hilfe bitten?"

Kaspers wird lauter. „Weil es gegen die Vorschrift ist, verdammt noch mal. Das sind Gäste und Gäste haben hier Urlaub, egal was sie von Beruf sind."

„Nun beruhigen Sie sich doch mal. Was machen Sie, wenn ein Gast eine lebensbedrohliche Krankheit bekommt, bei der unser Schiffsarzt nicht helfen kann, wir aber einen Spezialisten an Bord haben. Darf der auch nicht helfen? Da gibt es sogar ein Ärztetreffen zu Beginn der Reise und das sind auch Gäste."

Kaspers winkt ab. „Das ist doch etwas ganz Anderes. Sie vergleichen doch Äpfel mit Birnen."

Hansen fährt herum. „Von mir aus auch Mücken mit Elefanten. Ich bleibe bei meiner Meinung, dass mit ziemlicher Wahrscheinlichkeit ein Mörder an Bord ist und wir die Chance haben, ihn zu finden und dingfest zu machen."

„Und für den Fall, dass wir ihn fassen. Was passiert dann mit ihm? Wir haben keine Zelle an Bord. Wollen wir ihn in der Toilette einsperren? Sie können ja Ihre Kajüte dafür hergeben."

Der Kapitän atmet tief durch, „Okay. Es gibt aber noch einen Punkt. Bei Unfällen an Bord kommen in aller Regel Schadenersatzforderungen in beträchtlicher Höhe auf die Reederei zu. Die Witwe könnte zum Beispiel zu der Ansicht gelangen, dass der Unfall durch mangelnde Sicherheitsvorkehrungen begünstigt wurde."

„Das ist doch völliger Unsinn", echauffiert sich Kaspers.

„Das ist auch meine Meinung, aber Sie kennen doch die Anwälte. Besser wäre doch, wir könnten von Anfang an einen Unfall ausschließen. Es würde uns und der Reederei einigen Ärger ersparen."

Kaspers wiegt bedächtig sein Haupt. „Da ist allerdings was dran."

Hansen gönnt sich eine Sekunde des Nachdenkens. „Folgender Vorschlag: Wir ziehen die Herren zu Rate, zeigen ihnen den Toten und sehen, was dabei rauskommt. Wenn es keine Auffälligkeiten gibt, können wir ja immer noch bei der Variante Unfall bleiben."

Kaspers wiegt den Kopf hin und her. Beide sehen sich einen Moment in die Augen, dann gibt sich Kaspers einen Ruck. „Also gut, ich suche die Polizisten. Aber zuvor will ich ans Krankenbett von Frau Giermann und sehen, wie es ihr geht."

Hansen ist erleichtert. Es ist gut Kaspers im Boot zu haben. „Machen Sie das, aber Frau Giermann wird noch schlafen. Dr. Petrus hat ihr eine ziemlich starke Dosis verpasst."

„Da ist noch etwas, Kapitän. Wie äußern wir uns ihr gegenüber?"

„Wir werden am besten nicht von einem Unfall sprechen. Wenn sie fragt, bleiben wir bei der Wahrheit und sagen, dass die Ursache noch untersucht wird."

Wenig später sitzen die Kommissare gemeinsam mit dem Security-hünen in Kapitän Hansens Kajüte. Gerade wollten sie zum Früh-stück aufbrechen, als Kaspers an die Tür klopft und sie bittet, ihm einige Minuten ihrer Zeit zu opfern. Nach dem üblichen Geplänkel, wie ihnen denn die Reise gefalle und wie zufrieden sie mit dem ku-linarischen Angebot sind, kommt Hansen ohne weitere Umschweife zur Sache.

„Meine Herren, ich danke Ihnen sehr, dass Sie sich die Zeit nehmen. Bevor wir Ihnen aber unser Anliegen vorbringen, muss ich Sie sehr dringlich um absolute Diskretion bitten. Alles was wir Ihnen gleich erzählen und auch was das weitere Vorgehen anbelangt, darf in gar keinem Fall zu den Gästen durchdringen. Können wir uns darauf verlassen?"

„Herr Kapitän Hansen, wir sind Polizisten, Sie haben unser Wort", antwortet Stüber unvermittelt während Mehldorn ein zustimmendes Kopfnicken erkennen lässt.

„Gut, sehr gut. Dann wäre das ja geklärt", fährt Hansen mit ernster Miene fort. „Dann fragen wir Sie, ob Sie bereit wären, uns bei der Aufklärung eines Vorkommnisses zu unterstützen."

Die Kommissare stimmen spontan zu und dann beeilt sich Hansen noch zuzufügen: „Bei allem Respekt, das müssen Sie nicht tun. Sie sind schließlich Gäste und haben im Urlaub Besseres zu tun, als zu ermitteln."

Stüber horcht auf. „Ermitteln? Sagen Sie bloß, es ist was passiert."

Der Kapitän nickt mit versteinertem Blick und bittet seinen Kollegen, die Details zu erläutern. „Meine Herren, wir hatten in der vergangenen Nacht einen Unfall, also zumindest deutet alles darauf hin. Ein Gast ist vom Promenadendeck zwei Etagen tiefer in den Pool gestürzt. Der Kopf landete auf dem Beckenrand. Einer meiner Leute hat ihn gefunden. Er muss sofort tot gewesen sein."

„Lassen Sie mich raten", sinniert Stüber. „Sie glauben nicht an einen Unfall?"

Kaspers äußert ein resolutes ‚Ich schon' und der Kapitän äußert seine Bedenken, dass sich das Ganze durch den Hinweis der Kommissare in einem anderen Licht darstellt.

„Wissen Sie, meine Herren. Wir möchten nur alle Eventualitäten ausschließen. Kann sein, dass der Gast wirklich verunfallt ist. Es kann aber auch sein, dass es genau dazu gekommen ist, was Sie befürchtet haben."

„Und wie können wir Ihnen da behilflich sein?", schaltet sich Mehldorn ein.

Kaspers hüstelt. „Also wenn wir mal davon ausgehen, dass der Angriff auf Ihren Kollegen wirklich eine Verwechslung war, dann bestünde ja die Möglichkeit, dass der Täter jetzt den Richtigen erwischt hat."

Und Hansen setzt fort. „Sie würden uns sehr helfen, wenn Sie einen Blick auf das Opfer werfen. Wenn tatsächlich eine Ähnlichkeit besteht, dann hätten wir einen Anhaltspunkt, den wir weiterverfolgen können."

Stüber und Mehldorn sehen sich an und nicken. „Klar doch, gerne. Wenn es weiter nichts ist. Machen wir."

Hansen bedankt sich freundlich, um gleich wieder ernst zu werden, sehr ernst. „Meine Herren, ich möchte betonen, dass dies die einzige Bitte ist, die wir haben. Ich fordere Sie nochmals eindringlich auf, im Anschluss nur noch den Aufenthalt an Bord zu genießen."

„Wenn es Ihr Wunsch ist", entgegnet Mehldorn. „Sie haben unser Wort."

Abschließend schickt der Kapitän noch einen sehr ernst gemeinten Blick über den Tisch. „Okay, dann begleiten Sie Herrn Kaspers jetzt bitte in die Krankenstation und ich darf mich vorerst von Ihnen verabschieden."

Schiffsarzt Dr. Alexander Petrus, betrachtet sich die Wunde am Hinterkopf des Opfers. Bisher kam er in seiner Berufszeit nur selten dazu, die Todesursache eines Verunfallten zu ermitteln. Er hatte Glück, denn nach seinem praktischen Jahr bei dieser Reederei und der Approbation bekam er sofort die Stelle als Schiffsarzt. Von Anfang an im Einsatz auf Kreuzfahrtschiffen hatte er es vordringlich mit den Symptomen der Seekrankheit und den üblichen Leiden der älteren Generation zu tun. Hin und wieder mal ein Knochenbruch, aber alles recht harmlos. Und nun das erste Mal ein Unfall mit tödlichem Ausgang, denn auf nichts Anderes lässt die zertrümmerte Schädeldecke schließen. Teile des Hippocampus kleben in den Haaren, einige Knochensplitter sind tief ins Innere eingedrungen. Für Dr. Petrus besteht kein Zweifel, dass der hier nichts mehr gemerkt hat. Gerade will er das Opfer wieder mit dem Leichentuch abdecken, als es klopft und Kaspers eintritt. „Entschuldigung, dass ich störe Alex."

„Keine Ursache, Kurt. Ich bin gerade fertig. Für mich ist der Sturz und die Landung auf dem Kopf eindeutig die Todesursache."

Kaspers lässt sich den zertrümmerten Schädel zeigen und nickt. „Hast du einen Moment? Ich habe draußen zwei Herren. Die sind zwar Gäste, im richtigen Leben aber Kriminalisten."

„Du meinst, die könnten uns helfen? Zweite Meinung und so?"

„So in der Art. Kann doch nicht schaden, wenn uns zwei Fachleute beistehen, zumal die sich mit sowas sicher auskennen."

Dr. Petrus macht ein erstauntes Gesicht. „Mordkommission?"

„Genau."

„Na dann nichts wie rein in die gute Stube."

Er bittet die Kommissare herein. „Mein Name ist Dr. Petrus. Ich bin hier der Schiffsarzt. Mein Kollege sagte mir, Sie wären sozusagen vom Fach."

„Sozusagen", antwortet Stüber und tritt näher an das Opfer heran. Im gleichen Moment bleibt er wie vom Donner gerührt stehen, ergreift instinktiv den Arm seines Kollegen und gibt ein entsetztes ‚Ach du heiliger Scheiß' von sich.

„Mehldorn. Sagen Sie, dass das nicht der Meyer-Krefeld ist."

Der Angesprochene tritt näher und auch er glaubt im ersten Moment, ihren Chef da liegen zu sehen. Er tritt noch näher heran, geht in die Hocke und versucht in das Gesicht zu sehen, kann aber vor lauter verkrustetem Blut nichts sehen. Er bittet darum, den Kopf auf die andere Seite zu drehen, geht um den Tisch herum und wieder in die Hocke. Jetzt muss er nur kurz hinsehen.

„Chef, das ist weder der Krefeld noch der Meyer und auch nicht der Onkel Doktor."

„Mist, ähm, Entschuldigung, ähm, ja, Gott sei Dank wollte ich sagen."

Kaspers und der Arzt schauen sich abwechselnd an, dann zu Mehldorn und wieder zu Stüber. Und wieder ist es an Mehldorn, die Situation zu retten.

„Entschuldigung die Herren, aber das gehört in die Schublade Insiderwissen. Erstens stehen wir mit unserem Chef, dem Doktor Meyer-Krefeld, etwas auf Kriegsfuß und zweitens sieht er dem hier verdammt ähnlich. Wir beide dachten soeben - na ja, Sie wissen schon."

Kurzes Schweigen. Dann erwacht Stüber aus seiner Lethargie. „Meine Herren ich sage es Ihnen mit aller Deutlichkeit: Das war kein Unfall, das war Mord!"

Als Stüber und Mehldorn endlich ihren Tisch zum Frühstück ansteuern, sehen Sie nur Doktor Meyer-Krefeld nebst Gemahlin sitzen. Abrupt verlangsamt Stüber seinen Gang und fasst Mehldorn am Arm.

„Verdammt nochmal sieht der ihm ähnlich."

„Stimmt, ist wirklich frappierend."

Stüber schaut seinem Kollegen tief in die Augen. „Denken Sie auch, was ich denke?"

„Ich weiß ja nicht, was Sie morgens halb zehn so alles denken, aber wenn es um den Vorfall geht, dann ist an Ihrer Theorie durchaus was dran."

Inzwischen haben beide den Tisch erreicht und die Meyer-Krefelds entlocken sich einen freundlichen Guten-Morgen-Gruß. Stüber knurrt heute auch etwas friedlicher, denn wenn er tief in sich rein hört, dann sind die beiden - zumindest im Urlaubsmodus - recht umgänglich. Zu seiner eignen Überraschung ertappt er sich sogar bei dem Gedanken, dass er ganz froh ist, Meyer-Krefeld hier am Tisch und nicht acht Decks tiefer auf dem Tisch aus Edelstahl zu sehen.

Schließlich erkundigt er sich sogar, ob sie denn gut geschlafen hätten.

„Oh ja", antwortet die Meyer-Krefeld ganz aufgekratzt. „Wir hatten nach der Party gestern Abend eine schöne Bettschwere ..."

„... und so hat uns der ruhige Seegang schnell in den Schlaf geschaukelt", ergänzt ihr Gatte mit einem liebevollen Blick zur Seite.

‚Tatsächlich, so liebevoll, wenn der nur im Dienst nicht so ein Idiot wäre', geht es Stüber durch den Kopf. „Was war denn das für eine Party? Ist mir wohl entgangen."

„Die *Financial Winners* haben gestern einen Empfang im Ballsaal gegeben. Die Gisela und der Carlo haben uns dazu eingeladen."

„Soso, da ging es sicher hoch her, wie ich annehme."

Meyer-Krefeld lacht. „Oh ja, das kann man wohl sagen. Und dann ging es ja noch an der Bar weiter."

Und seine Frau ergänzt. „Wir haben nur irgendwann kein Wort mehr verstanden. Wenn die unter sich sind und ihren Dialekt pflegen ..."

„Es ist wie Rauschen, bajuwarisches Rauschen", so ihr Mann und alle lachen.

„Kann ich mir echt vorstellen", pflichtet Mehldorn mit halbvollem Mund bei. „Ich verstehe ja manchmal schon nix, wenn die hier am Tisch sitzen." Wieder Erheiterung.

„Und wenn dann noch reichlich Whisky und Rotwein genascht wird", setzt Stüber hinzu.

„Na aber das kann ich Ihnen sagen", stimmen die Meyer-Krefelds im Canon zu. „Was die geschluckt haben, ist unvorstellbar. Uns hat es dann auch gelangt. Und da es sowieso nur gerauscht hat, haben wir uns einfach verdrückt." Dabei tätschelt er wieder so zärtlich ihre

Hand, dass Mehldorn sich bei dem Gedanken ‚Na da war doch noch mehr!' ertappt.

„Und wann war das?", fragt Stüber so unvermittelt, dass er fast darüber erschrickt. „Oh, Entschuldigung. Jetzt ging wohl der Polizist mit mir durch. Das geht mich gar nichts an."

Meyer-Krefeld lacht und schaut versöhnlich in die Runde. „Aber mein lieber Stüber, das macht doch nichts. Erstens sind wir doch hier im Urlaub und zweitens kommt man eben nicht raus aus seiner Haut. Geht mir doch auch so."

‚Wie recht du hast, ich erinnere dich das nächste Mal im Präsidium daran', sinniert Stüber, während er genüsslich seinen Tee schlürft, um dann doch noch zu erfahren, dass es kurz nach eins war. Und auch, dass Meyer-Krefeld froh war, dass seine Siglinde auf ihn aufgepasst hat, damit sich nicht jemand wieder an ihrem Alois vergreift.

„Da wollte Sie wirklich einer über Bord werfen?", erkundigt sich Mehldorn.

Meyer-Krefeld wird sofort rot vor Aufregung. „Aber ja doch. Da hat mich vor ein paar Tagen so ein Kerl von hinten am Hals gepackt, zugedrückt und alles versucht, damit ich über Bord gehe."

„Aber da hat er die Rechnung ohne meinen Alois gemacht. Es hilft eben, dass er zweimal die Woche im Studio Gewichte stemmt", spricht die Meyer-Krefeld und tätschelt wieder die Hand ihres Gatten, begleitet von einem liebevollen Augenaufschlag.

„Und Sie haben nicht gesehen, wie der Angreifer aussah?"

„Nein doch. Ich war in dem Moment gerade vorn am Bug unterwegs. Da ist es ziemlich dunkel. Und dann hatte ich zu tun, mich zu befreien."

„Naja, ist ja nochmal gut gegangen", stellt Stüber fest und schlürft an seinem Tee.

Schließlich verabschieden sich die Meyer-Krefelds und verkünden ihre Absicht, den Seetag, also zumindest den größten Teil davon, in der Wellness-Oase zu verbringen.

„Na dann schönen Tag", grüßt Mehldorn hinterher.

„Mensch Mehldorn, der wird mir ja noch richtig sympathisch", stellt Stüber erstaunt fest.

„So war der Plan", gibt Mehldorn zurück und Stüber zuckt als hätte ihn eine Tarantel gestochen, starrt seinen Nachbar unvermittelt an. Eine Sekunde Schweigen und dann prusten sie beide los.

„Mehldorn, Sie elender Mistkerl. Sie gehen gleich über Bord."

„Aber erst, wenn wir den Kerl gefunden haben, der unserem freundlichen Onkel Doktor an die Gurgel wollte."

„Wie soll das gehen? Sie haben doch gehört, dass wir jetzt wieder nur Gast sein dürfen. Also sollen die doch sehen, wie sie mit der Situation fertig werden."

„Mensch Stüber, so kenn ich Sie doch gar nicht. Kein bissel Kribbeln, keine Lust auf Mörderjagd?"

„Ach vielleicht ist es auch nur die Hoffnung, dass der doch noch unseren Onkel Doktor erwischt." Jetzt ist es an Mehldorn, der erschrickt, aber Stübers Augenzwinkern erlöst.

„Los kommen Sie. Machen wir´s uns an Deck gemütlich. Die Sonne kommt raus."

Das Promenadendeck ist schon gut gefüllt. Erst nach einigem Suchen entdecken die beiden noch zwei Liegen und wenige Sekunden später lassen sie sich von der Sonne durchwärmen. Aber schon bald ist es mit der Ruhe vorbei, denn wie sich herausstellt, lagern die von Ochsensteins nur wenige Liegen entfernt und Carlos bajuwarischer

Bass ist nicht zu überhören. Weiter neben den von Ochsensteins liegen noch weitere *Financial Winners* und so ist es unmöglich, vom Ablauf des Abends nichts mitzubekommen.

„Wia lang wart´s ia noch an da Bar?"

„Koa Ahnung. Muss auf olle Fälle nach oans g`wesn sei, wie mei Weibe war scho im Bett", informiert sein Nachbar.

„I glab, das scho alle Fraun gschlaffa ham, bis auf d´Heidi."

„Mann, d´Heidi, des is ma scho Oane. Die kon dringa, ohne dass umfoit. Die saufd di so was von undan Tisch, Carlo." Ein anderer pflichtet den beiden bei und das Gespräch dreht sich fortan um Heidis Eskapaden. Bis zu dem Moment, wo Mehldorn hochschreckt.

„Carlo, hast eigendli den Giermann scho g´sehn? Der had a ganz schee g´suffa, mei Lieba."

Darauf Carlo. „Na, der werd no sein Rausch ausschlaffa."

„Stüber, haben Sie den Namen gehört."

Der grummelt ein ‚War ja nicht zu überhören' zurück und weigert sich die Augen zu öffnen.

„Haben Sie auch ‚Giermann' verstanden?"

„Hab ich, passender Name für einen Geldheini."

„Stüber, der Giermann liegt da unten tot im Kühlschrank."

Jetzt ist es an Stüber, der erschrickt. „Woher wissen Sie denn das? Die haben uns doch keinen Namen genannt."

„Stand auf dem Totenschein, den der Arzt in seiner Hand hielt. Einige Male hielt er die Kladde so, dass ich gar nicht anders konnte, als zu spionieren."

Stüber kann sich vor Begeisterung kaum beherrschen. „Mensch Mehldorn, da haben wir ja wieder mal ´nen toten Geldheini. Das musste ja so kommen."

„Ich glaube auch, uns hat der Fluch der toten Banker fest im Griff."

Stüber lehnt sich wieder zurück und reckt sein Gesicht in die Sonne. „Zum Glück haben wir ja diesmal nichts damit zu tun."

„Genau Chef, wir sind im Urlaub."

„Eben und Sie sollen hier nicht immer Chef zu mir sagen."

„Jawoll Chef. Und nun geh ich uns mal was zu trinken holen."

Die Sonne hat endgültig auf Hochsommer geschaltet und dementsprechend lang ist die Schlange an der Poolbar. Mehldorn reiht sich brav an gefühlt tausendster Position ein, und noch ehe er sich versieht, steht Carlo auch schon hinter ihm.

„Na, habt´s a an Durscht?"

Zum Glück ist Mehldorn nicht Stüber und versteht es geschickt und von dem Banker unbemerkt diesen über die *Finacial Winners* allgemein und Giermanns Geschäfte im Speziellen auszufragen. So vergeht die Wartezeit wie im Fluge, und als Mehldorn gleich vier Becher Bier grazil und den leichten Seegang ausbalancierend davonträgt, strahlen seine Augen vor Wissen heller als das Zentralgestirn am stahlblauen Himmel.

„Also Mehldorn, wenn´s mit dem Polizeidienst nix mehr wird, können Sie es durchaus als Bierschlepper auf ´nem Oktoberfest versuchen."

„Es ist immer von Vorteil, im Leben eine Alternative zu haben", stimmt Mehldorn zu und überreicht Stüber seinen Anteil, gefolgt von einem angedeuteten *Prosit*. Zum Glück haben beide noch das

Zweitbier, denn in Null-Komma-Nix ist der Inhalt des Ersten verschwunden.

„Boah, das tut gut", lässt Mehldorn seinen Gefühlen freien Lauf und sieht seinen Nachbarn erwartungsvoll an.

„Mensch Mehldorn, Sie strahlen etwas aus, was ich mir nicht erklären kann. Hat Sie inzwischen die hübsche Stewardess von der Rezeption vernascht oder haben Sie den ersten Preis im Kreuzworträtselwettbewerb gewonnen?"

„Nichts dergleichen mein Lieber, ich hatte einen netten Plausch mit unserem Tischgesellen."

„Was, schon wieder mit dem Krefeld? Der hat wohl heute zur Charmeoffensive geblasen?"

„Nein nicht unser Kollege, ich meine den Carlo. Der stand gleich hinter mir und hat eine total sichere Geldanlage empfohlen." Stüber hebt eine Augenbraue, sieht in Mehldorns Augen und eine Schrecksekunde später muss Mehldorn auch schon feixen.

„Naja, ich hab halt so getan, als hätte ich was anzulegen und so ein sehr interessantes Gespräch eröffnet."

Stüber blinzelt sein Gegenüber verschmitzt an. „Irgendwas hat der Geldheini Ihnen verraten, ich seh´s in Ihren Augen, Sherlock Homes."

„Oh ja, das hat er. Ich weiß zum Beispiel, dass die *Financial Winners* Geldheinis im wahrsten Sinne des Wortes sind. Finanzwetten, Hedgefonds, Beteiligungsdarlehen, Differenzgeschäfte und alles, was sonst noch hochspekulativ ist und Anleger in den Ruin treiben kann. Die machen vor nichts halt."

„Das reicht Mehldorn, mir wird schon wieder speiübel."

„Sie wollen das Beste nicht hören?"

„Meinen Sie das Beste oder das Fieseste?"

„Ich meine das Beste. Es gibt nämlich noch ein zweites Standbein der *Financial Winners* und glauben Sie mir: Das sind die wahren Heuschrecken! Haben Sie schon mal was von *Corporate Raiding* gehört?"

Stüber schüttelt den Kopf. „Sie sicher auch nicht, bevor's Ihnen Carlo verraten hat."

„Stimmt. Das sind nichts Anderes als Finanzinvestoren, die Mehrheitsbeteiligungen an meist börsennotierten Unternehmen erwerben. Anschließend werden die Firmen zerschlagen, unprofitable Unternehmensbereiche liquidiert und der Rest wird mit ordentlichem Gewinn wiederverkauft. Oder die machen ordentlich Druck auf das Management, um denen ihre Strategie aufzudrücken. Alles dient nur einem einzigen Zweck: Durch den Verkauf eine weit überdurchschnittliche Rendite zu erwirtschaften. Nachhaltigkeit: Fehlanzeige. Sozialverträglichkeit: Schwachsinn. Was mit den Menschen passiert ist denen so egal wie der Sack Reis in China."

„Gordon Gekko lässt grüßen. Hat der das nicht mit dieser Flugfirma auch so gemacht?", erinnert sich Stüber.

„Stimmt, eine Paraderolle für *Michael Douglas*. Der *Edward Lewis* in *Pretty Woman* war auch so einer. Und jetzt passen Sie auf, was der Carlo gesagt hat: Der Chef von dieser Business Unit, ein gewisser Lutz Giermann, wäre ein zweiter *Ivan Boesky*."

Wie der Schulbub in der ersten Klasse streckt Stüber einen Zeigefinger hoch. „Halt. Ist das nicht der Typ, den der *Gekko* in *Wall Street* verkörpert? Der sowas gesagt hat wie ‚Es ist toll habgierig zu sein und sich dabei gut zu fühlen.'"

„Mann Stüber, Sie kennen sich ja richtig gut aus. Genauso ist es. Also ich hab es nicht gewusst, aber der Carlo hat mich aufgeklärt. Jedenfalls würde dieser Teil der Firma mächtig Kohle einfahren."

Stüber leert seinen Becher, lehnt sich wieder zurück und reckt sein Konterfei in die Sonne. „Na also, und nun überzeugen Sie mich, dass diese geldgierige Meute meinen Respekt verdient." Und nach kurzer Pause fügt er leise hinzu. „Ich habe den Verdacht, dass der Mord und die Geschäfte von diesem Giermann in Zusammenhang stehen."

„Sie denken, es war ein Racheakt?"

„Warum nicht? Es wäre zumindest ein Motiv."

„Gut, was nützt uns aber das Motiv, wenn wir dazu keinen Verdächtigen haben?"

Stüber zögert einen Moment und richtet sein Gesicht wieder zur Sonne. „Ich weiß es auch nicht. Aber vielleicht kann unser lieber Onkel Doktor etwas dazu beitragen. Ich werde ihn mir nochmal vornehmen."

Mehldorn wird ernst. „Aber ich flehe Sie an: keinen Streit hier an Bord! Ich möchte nicht, dass Sie mir den Urlaub versauen."

Stüber grinst. „Ich werde mich anstrengen."

Rüdiger Pauli schlendert gelassen Arm im Arm mit seiner Frau in Richtung Wellness-Oase. Auf dem Weg dorthin schaut er sich immer wieder unauffällig um. Das Letzte, was er brauchen kann, ist eine Begegnung mit dem Kerl, den er mit diesem Bankfuzzy verwechselt hat. Bisher ist ja Gott sei Dank alles gut gegangen. Es scheint ihn wirklich keiner gesehen zu haben und auch seine Frau ist ahnungslos. Inzwischen hat er den ersten Schock überstanden. Trotzdem ist Pauli noch halb in Trance. Nervös meidet er den Weg vorbei an den Sonnenliegen, bei denen jeder Vorbeilaufende gemustert wird. Besser ist der Bereich um die Poolbar, auch wenn ihm beim Anblick des Schwimmbeckens gleich wieder übel wird. Trotzdem nimmt er wahr, dass absolut nichts auf das nächtliche Geschehen hindeutet. Ahnungslos sitzt ein Pärchen genau auf der Stelle, wo der Kerl aufgeschlagen ist. Pauli sieht sofort wieder das Bild vor sich, wie der Körper ins Wasser platscht, der Kopf aufschlägt und sich der Beckenrand rot färbt. ‚Nimm dich zusammen', befiehlt er seinem Inneren. Unbewusst hat er dabei die Finger in die Schulter seiner Frau gekrallt.

„Aua, was machst du denn?", herrscht sie ihn an.

„Tschuldigung Schatz, hab mich nur erschrocken", versucht er eine Ausrede.

„Was hat dich denn in Schrecken versetzt?"

„Ach Nichts."

„Was heißt ‚Ach Nichts'? Das ist keine Antwort. Immerhin hast du mir weh getan", empört sie sich, und noch ehe ihr Rüdiger antworten kann, redet sie weiter.

„Was ist nur heute los mit dir?"

Pauli versucht weiter abzuwiegeln. „Was soll schon los sein? Ich hab halt nur schlecht geschlafen. Kann doch vorkommen. Los, lass uns entspannen."

Zu seinem Glück erreichen sie in diesem Moment den Eingang zum Wellnessbereich und treten ein. Es dauert eine Weile, bis sie zwei freie Liegen finden.

„Ich schlage vor, wir fangen mit der Salzgrotte an", sagt Frau Pauli, während sie sich ihres Bademantels entledigt und das Saunatuch um ihren makellosen Körper wickelt.

Auf dem Weg dorthin behält Pauli immer sein Umfeld im Blick, mustert so unauffällig wie möglich jede Liege, jeden Stuhl und jede Ecke. Als er durch die Tür zur Dampfsauna sieht, wird seine Befürchtung zur Gewissheit. Genau in dem Moment ist die Person, der er auf diesem Schiff am wenigsten begegnen will, auf dem Weg zur Tür. Fast ruckartig dreht er sich zur Seite und ist mit einem kurzen ‚Ich muss erst mal' in der nahen Toilette verschwunden. Seine Frau ruft ihm noch ein ‚Ich geh dann schon voraus' hinterher, aber das vernimmt Pauli schon nicht mehr. Er hat nur eins im Sinn: So schnell wie möglich rein in die Kabine und sich von allem entledigen, was seine Eingeweide hergeben.

Als er sich wieder beruhigt hat, überzeugt er sich durch den Türspalt, dass die Luft rein ist, und gönnt Gesicht und Mund frisches Wasser. Dann tritt Pauli wieder hinaus, vorsichtig nach rechts und links spähend. Eilig aber nicht so schnell, dass er auffällt, geht Pauli in Richtung Salzgrotte. Seine Frau, bis zum Hals in der Sole liegend, sieht ihn bereits an der Tür und schwimmt ihm langsam entgegen. Immer wieder umhersehend erwartet er sie am Beckenrand.

„Schatz, mir ist nicht gut, musste mich eben über die Schüssel hängen. Ich geh in die Kabine und leg mich hin." Dabei zieht er ein leidendes Gesicht, welches authentischer rüberkommt, als er selbst gedacht hätte.

„Armer Kerl", bedauert sie ihn. „Ist es der Seegang oder sind es eher die Nachwirkungen von gestern Abend?"

„Ich glaube beides. Bis dann." Gerade noch fällt Pauli ein, einen Kuss anzudeuten, bevor er geht. Im Vorraum springt er noch unter die Dusche und verschafft sich so einen Grund mit dem Handtuch seine Haare zu rubbeln, immer darauf bedacht, soviel wie möglich von seinem Gesicht zu verdecken. So bewegt er sich in Richtung Ausgang, und als er endlich in seiner Kabine liegt, überkommt ihn wieder ein Heulkrampf.

„Scheiße, elendige verdammte Scheiße", schreit er so laut er kann und ist schlagartig wieder still als ihm bewusst wird, es könnte ihn einer hören.

Stüber weiß, wo er Meyer-Krefeld finden kann. Sehr groß ist die Wellness-Oase nicht und so entdeckt er ihn auch recht schnell auf einer Liege direkt am Fenster. Die neben ihm ist leer, was dem Kommissar sehr gelegen kommt. Als er sich nähert, wird er freundlich begrüßt.

„Hallo Stüber, wollen Sie auch schwitzen oder geht es zur Massage?"

Stüber geht in die Hocke und erkundigt sich, wann er ihn mal allein sprechen kann. Meyer-Krefeld gibt sich erstaunt, willigt aber ein. „Sagen wir kurz nach fünf?"

„Okay, um fünf an der Sunset Bar. Ich erwarte Sie." Ein kurzer Blick noch und schon ist Stüber wieder verschwunden.

Es ist noch einige Minuten vor der Zeit, als Meyer-Krefeld erscheint. Stüber hat sich eine ruhige Ecke gesucht und nippt an seinem Aperol Spritz.

„Den sollten Sie auch nehmen. Ist echt gut."

„Nein danke, ich bleib erstmal beim Wasser. Aber lassen Sie es sich schmecken."

Stüber nimmt einen Schluck, und nachdem der Kellner das Wasser serviert hat, nimmt er vorsichtig Anlauf. „Mir lässt es einfach keine Ruhe, was mit Ihnen letztens passiert ist."

„Mir auch nicht. Seit dem traue ich mich gar nicht mehr richtig an die Reling. Dabei ist es so schön, die Gischt zu beobachten."

Stüber nippt an seinem Aperol. „Ich möchte Ihnen anbieten, etwas die Augen offen zu halten. Kann ja nichts schaden, oder?"

Meyer-Krefeld wiegelt ab. „Das müssen Sie nicht, ich pass schon auf. Und wenn ich es nicht mache, dann tut es meine Siglinde. Genießen Sie nur Ihren Urlaub."

„Das glaub ich Ihnen, aber es schadet doch auch nichts, wenn wir alle die Augen etwas offenhalten."

„Von mir aus. Und deshalb wollten Sie mich sprechen?", wird Meyer-Krefeld etwas ungeduldig.

Stüber kommt zur Sache. „Genau deshalb. Vielleicht fällt Ihnen ja doch etwas zu dem Kerl ein. Irgendein Detail, anhand dessen wir ihn identifizieren können."

Meyer-Krefelds Gesicht beginnt sich schon wieder rot zu färben. „Herrgott wie oft soll ich es noch sagen. Ich konnte nichts erkennen. Es war dunkel und ich war damit beschäftigt, nicht über Bord zu gehen."

„Kommen Sie. Würden Sie sich als Staatsanwalt mit so etwas zufriedengeben? Ich glaube nicht."

„Nein, natürlich nicht. An irgendwas erinnert man sich immer", lenkt Meyer-Krefeld ein.

„Sag ich doch. Also, was haben Sie gesehen? Groß, klein, lange Haare oder Glatze, alt, jung?"

Meyer-Krefeld nippt an seinem Glas. „Also sehr kräftig war er nicht, sonst hätte ich mich ja nicht so wehren können. Vielleicht so um die Dreißig und er hatte einen ziemlich kurzen Haarschnitt, war aber nicht kahl."

„Na bitte, geht doch. Und was noch?"

„Lassen Sie mich überlegen." Meyer-Krefeld lehnt sich zurück, schließt die Augen und lässt die Szene revue passieren. „Also ich lehne auf dem Geländer. Ohne es zu bemerken, ist der Kerl hinter mir und greift unvermittelt an die Gurgel. Ich wehre mich, drehe mich um, er drückt mich über die Reling. Dann sieht er mein Gesicht, lässt ab und rennt weg. Nein da war nichts mehr, kein Bart, kein Piercing", und plötzlich durchzuckt es Meyer-Krefeld wie ein Blitz. „Doch da war noch was. Ein Tattoo."

Stüber horcht auf. „Ein Tattoo? Wo? Wie sah es aus?"

„Warten Sie." Meyer-Krefeld schließt wieder die Augen. „Es war auf jeden Fall am Hals. Ich würde sagen rechts, nein links, also von mir aus rechts. Mmh, und wie sah es aus?", kurze Pause und dann öffnet er wieder die Augen. „Es war ein Zeichen. Ja ein Symbol. Ich würde sagen, es ähnelte chinesischen Schriftzeichen. Richtig, irgend sowas."

Jetzt wirkt Meyer-Krefeld erleichtert, dass ihm doch etwas eingefallen ist und Stüber ertappt sich dabei, ihm freundschaftlich auf die Schulter zu klopfen. „Na bitte, das ist doch was. So viele haben kein asiatisch anmutendes Tattoo am Hals."

Auf dem Weg zum Abendessen überlegen die Kommissare was sie mit Meyer-Krefelds Information anfangen können. „Eigentlich nichts", resümiert Stüber.

„Es sei denn, wir entdecken den Kerl und geben unserem Schiffs-sheriff die Information", überlegt Mehldorn.

„Dann würden wir aber zugeben, gegen deren Anweisungen gehandelt zu haben. Ich weiß nicht, ob das vorteilhaft wäre."

„Stimmt. Aber vorerst haben wir ihn ja noch nicht und können uns erst mal wieder reichlich Ossiwitze anhören."

Damit erreichen sie ihren Tisch und werden auch schon zünftig von Carlo begrüßt.

„Da san ja, unsr´e B´schütza. Sagt´s moi, habt´s de Sunn recht g´nossn, oda?"

Inzwischen hat sich Stüber an die Runde gewöhnt und auch Carlo hat begriffen, dass seine Witze nicht gerade zur guten Laune beitragen. So berichten sich alle gegenseitig, wie sie den Seetag über die Runden gebracht haben und genießen das sehr gute Essen. Als auch das Dessert vertilgt und der letzte Schluck Rioja getrunken ist, verkündet Carlo, seine Gisela zum Shoppen führen zu wollen.

„So, mi woin ma sehn, wia des Foto gworn is, des se gestan gmachd habn."

„Gute Idee", pflichten die anderen bei und machen sich auf den Weg. Während Stüber und Mehldorn zu einem Verdauungsspaziergang in Richtung Promenadendeck schlendern, ertappen sie sich dabei, wie sie jeder Person, die zu Meyer-Krefelds Beschreibung passen könnte, auf den Hals starren.

„Mensch Mehldorn, das macht mich jetzt ganz wuschig. Hätte ich bloß nicht gefragt."

„Stimmt, Wissen macht eben nicht immer glücklich. Auf dem Kahn sind über zweitausend Passagiere, die Crew noch nicht mal mitgezählt. Es müsste schon ein ziemlich großer Zufall sein, wenn wir dem Kerl über den Weg laufen."

„Sie haben Recht, mein Lieber. Versauen wir uns nicht den Urlaub und suchen uns besser ´ne ruhige Ecke an der Bar."

Es ist kurz nach drei Uhr, als Mehldorn seiner Blase Erleichterung verschafft und dabei unbewusst seinen Kopfcomputer startet. Es folgen nicht enden wollende Pirouetten auf der Matratze, schön untermalt vom Schnarchkonzert seines Kollegen. Schließlich wird in seinem Kopf die Akte ‚Mordversuch Meyer-Krefeld' geöffnet und nun ist es mit Schlaf endgültig vorbei. Seine Gedanken landen in einer Endlosschleife, in der immer wieder die Frage auftaucht, wie unter knapp dreitausend Menschen einer mit einem Tattoo am Hals gefunden werden kann. Es lässt und lässt ihm keine Ruhe, bis er beschließt, aufzustehen und frische Luft zu tanken.

Auf dem Promenadendeck angekommen wird er von einer steifen Brise und der nicht mehr allzu fernen Stockholmer Skyline begrüßt. Nur hilft ihm das auch nicht wirklich weiter, um aus der Schleife herauszufinden. Und während sich die Sonne immer weiter aus dem Meer erhebt, genießt er das menschenleere Deck und die grandiose Stimmung. Dann ärgert er sich etwas, dass er seinen Fotoapparat und auch das Smartphone im Zimmer gelassen hat und im nächsten Moment zeigt sich für einen winzigen Moment ein Ausgang. Schlagartig bleibt er stehen. Versucht hindurch zu gehen, aber immer noch versperrt ihm etwas den Weg. Er versucht seine letzten Gedanken zurück zu verfolgen. Kein Mensch weit und breit, der Sonnenaufgang, kein Fotoapparat ...

Da ist er. Der Ausgang. Genau! Warum ist er nicht schon gestern Abend darauf gekommen? Mist, sie könnten schon viel weiter sein, oder es ist gar eine verpasste Chance. Er muss sich zügeln, um nicht auf seinem Weg in Richtung Shoppingmall in den Laufschritt zu verfallen. Gleich drei Stufen mit einmal geht es die breite Treppe hinab. Einige Reinigungskräfte sind noch tätig und wundern sich über den frühen Gast, der mit langen Schritten durch die Lobby eilt. Endlich biegt Mehldorn in die Mall ab.

Die Auslagen in den Geschäften sind auch zu dieser Zeit hell erleuchtet. Ein Fensterputzer grüßt freundlich und schaut kopfschüttelnd hinterher. Noch an den Ständen der Reiseleiter vorbei und er ist am Ziel.

Schnaufend steht Mehldorn vor der riesigen Wand mit gefühlt zehntausend Fotos. Alles Aufnahmen vom Landgang in Sankt Petersburg. Er sieht Paare vor dem Katharinenpalast, vor der Fontaine in Peters Sommerresidenz, am Newski-Prospekt. Schließlich die Fotos vom Morgen, wo alle Gäste die Gangway verlassen.

Systematisch geht er sie durch. Ein Foto nach dem anderen. Er sieht das Foto von den Backhausens, den von Ochsensteins und schließlich auch das von Stüber und ihm. ‚Gar nicht so schlecht', geht es Mehldorn kurz durch den Kopf, aber da ist er auch schon beim nächsten Paar. Dabei interessieren ihn nur die Hälse. Die meisten sind nicht verhüllt, denn zum Glück war es ja warm. Die meisten Gäste waren nur mit T-Shirt bekleidet. Immer weiter kämpft sich Mehldorn voran, reibt sich kurz die Augen, sucht weiter. Hals mit Kette, Hals mit Bart aber keiner mit Tattoo. Es gibt schon einige Leerstellen in den Reihen. Wieder keimt Ärger und die Befürchtung auf, zu spät zu kommen.

Was ist, wenn der Kerl das Foto schon gekauft hat?

Mehldorn übergeht seine Zweifel und sucht weiter. Gut zwei Drittel hat er schon geschafft. Die Augen brennen, die Konzentration lässt nach.

Zeig dich du Mistkerl!

Er ist schon beinahe in Panik verfallen, als er stockt. Halt, da war etwas. Er sieht das Foto vor sich genau an. Pixel für Pixel sucht er den Hals des Mannes auf dem Bild ab. Bis ihm auffällt, dass er nicht ins Schema passt. Der ist sicher schon über siebzig und hat fast keine Haare.

Aber da war doch was?

Er geht ein paar Fotos zurück und schaut genauer hin. Sieht zwei Frauen mit Basecap und den Daumen nach oben, ein sich küssendes Pärchen, eine Familie mit Kind.

Verdammt!

Er will schon zweifeln, da fällt sein Blick auf ein Paar welches, anders als die anderen, im Gehen abgelichtet wurde. Offenbar wollten sie nicht posieren und trotzdem ist es ein passables Bild geworden.

Der Mann deutet sogar eine Handbewegung an, so in der Art ‚Bitte kein Foto'. Aber es hat ihm nichts genützt, denn er ist es!

Ganz deutlich kann Mehldorn das Tattoo erkennen. Drei wahrscheinlich japanische Schriftzeichen, was auch immer sie bedeuten mögen. Der Rest passt auch. Sportlicher Typ, Alter um die dreißig und unter dem Käppi lugen keine langen Haare hervor.

Uffz!

Mehldorn atmet tief durch, fast stehen ihm Tränen in den Augen. Es ist das Gefühl, als hätte er den Treppenlauf im Empire State Building gewonnen. Ein in der Nähe stehender Lehnsessel verschafft ihm Entspannung.

Wir haben dich, du Mistkerl!

Nachdem er sich einige Minuten beruhigt hat, überlegt Mehldorn, wie er an das Foto kommt. Der Fotoshop öffnet immer erst um 18 Uhr. Das würde bedeuten, der Kerl könnte sich in Stockholm vom Acker machen. Andererseits würde ihn das erst recht verdächtig machen. Wahrscheinlicher ist, dass er sich möglichst wenig zeigt. Ist er übermorgen wieder von Bord, kann ihm so gut wie nichts mehr passieren.

Ein Kreuzfahrtschiff ist eigentlich der ideale Ort, um jemanden loszuwerden.

Aber da hat er die Rechnung ohne Mehldorn und den Fotografen gemacht. Dass nämlich sein Foto noch zum Verkauf steht, hat sicher nur einen Grund: Er hat nicht damit gerechnet. Schließlich hat er dem Fotografen ein Zeichen gegeben, ihn nicht abzulichten. Zum Glück hat der es nicht verstanden.

Mehldorn beschließt, nicht bis zum Abend zu warten und geht zurück in seine Kabine. Leise öffnet er die Tür. Es ist gerade mal kurz vor sechs und so sägt Stüber noch seelenruhig an seinen Baumstämmen. Ein Griff zum Nachttisch und schon ist der sächsische

Sherlock Holmes mit Handy und Fotoapparat bewaffnet wieder unterwegs zur Shoppingmall.

Stüber ist ziemlich baff, als sein Kollege ihm das Ergebnis seiner morgendlichen Ermittlung präsentiert. Obwohl ein Foto von einem Foto nicht die allerbeste Schärfe aufweist, ist sowohl das Konterfei wie auch das Tattoo deutlich zu erkennen.

„Mensch Mehldorn, Sie sind echt ´ne Wucht. Bloß wird es uns nicht viel nützen."

„Ich weiß, ich weiß. Wir haben zwar ein Bild, aber keinen Namen dazu."

„Eben. Selbst wenn der Onkel Doktor den Kerl wiedererkennt, wissen wir noch lange nicht, wer unser Boesky-Pendant in die ewigen Jagdgründe befördert hat."

Auf dem Weg zum Frühstück führt sie der Weg an der Rezeption vorbei. Die Nancy schickt ihnen im Vorbeigehen einen freundlichen ‚Guten Morgen' entgegen. Mehldorn, entzückt von ihrem Schmollmund, grüßt zurück und bleibt stehen. Er fasst Stüber am Arm und hält ihn zurück. „Warten Sie mal."

„Was ist Mehldorn? Wollen Sie ein Date machen? Geht von mir aus in Ordnung. Sagen Sie mir einfach, wann ich wieder in die Kabine darf."

„Nein doch, ich hab eine Idee."

Stüber blickt zur Decke und stöhnt. „Nein, nicht schon wieder! Sie hatten doch heute schon ihre Erleuchtung."

Mehldorn bleibt hartnäckig und verfällt in den Flüsterton. „Wenn wir denen einfach nur sagen, dass sich unser Kollege erinnert und den

Kerl auf dem Foto wiedererkannt hat. Dann zeigen wir das und haben wieder unsere Pflicht getan. Wir müssen denen ja nichts von den anderen Gesprächen sagen."

„Und Sie meinen, das glauben die uns?"

„Ist doch egal, wir haben doch auch wirklich nicht ermittelt. Nur beiläufig ein paar Dinge erfahren."

Die Kommissare schauen sich einen Moment an, dann gehen sie zur Nancy und verlangen Kapitän Hansen. Einen kurzen Anruf später erfahren sie, dass der Kapitän wegen der in Kürze beginnenden Hafeneinfahrt unabkömmlich ist, aber in einer Stunde gern zur Verfügung steht.

„Okay. Dann gehen wir gemütlich frühstücken und sehen dann beim Anlegen zu."

Auf dem Weg zum Restaurant überlegen sie noch, ob sie Meyer-Krefeld das Foto zeigen sollten, beschließen aber es nicht zu tun. Schließlich würden sie so nur Unruhe stiften und ohne weitere Beweise würde das auch nichts bringen.

Mit versteinerter Miene verfolgt Kapitän Hansen den Bericht der beiden Kommissare. „Was Sie mir da erzählen, ist durchaus schlüssig. Aber selbst, wenn wir die Person auf dem Foto identifizieren, beweist es immer noch nicht, dass es auch unser Mörder ist."

Darauf Stüber. „Ich teile Ihren Zweifel. Nur um das zu beweisen, müssten wir herausfinden, ob es eine Beziehung zwischen der Person auf dem Foto und dem Opfer gibt."

Kapitän Hansen steht auf und blickt wieder aus dem Fenster. Die ersten Passagiere steigen schon in ihre Tourbusse. Wenn das stimmt, was die beiden ihm da erzählen, wäre die Lösung in greifbarer Nähe. Es klopft und der Sicherheitschef tritt ein.

„Sie kommen genau richtig, Herr Kaspers. Unsere beiden Kommissare haben mir soeben ein Bild von dem mutmaßlichen Angreifer auf deren Kollegen präsentiert. Können Sie damit den Namen herausfinden?"

Kaspers reagiert wenig begeistert. „Erstens wurde Ihnen untersagt Ermittlungen anzustellen und zweitens haben wir die Passagierliste schon einmal ohne brauchbare Ergebnisse durchsucht. Was soll das jetzt bringen?"

Bevor Stüber protestieren kann, wird Kaspers vom Kapitän höchstpersönlich von der Palme geholt. „Herr Kaspers, ich kann Ihnen versichern, dass sich die Herren an unsere Absprachen gehalten haben. Sie haben aber richtig gehandelt und unterrichten uns zu Dingen, die sie gehört haben. Und jetzt beantworten Sie mit bitte meine Frage."

Der rote Kopf Kaspers hätte durchaus dem von Meyer-Krefeld Konkurrenz machen können, wenngleich ihm der violette Farbton fehlt. Dann in Richtung Stüber ein letztes Aufbäumen. „Sie haben etwas gehört", äfft er verächtlich nach um dann, nach einem sehr ernsten Blick des Kapitäns, nachzugeben. „Zeigen Sie schon her."

Er lässt sich das Foto in Mehldorns Handy zeigen. „Und dieses Bild ist vom Landgang in Sant Petersburg?"

„Genau", gibt Mehldorn zurück. „Es hängt noch in der Ausstellung."

Kaspers scrollt durch die weiteren Detailaufnahmen und überlegt. Dann schüttelt er den Kopf. „Wir können nur die ganze Passagierliste nochmal durchhecheln. Meine Leute werden begeistert sein." Damit wendet er sich mit einer resoluten Drehung zum Gehen.

„Es geht vielleicht auch etwas einfacher", wendet Mehldorn ein und ist sicher der Einzige im Raum, der nicht erstaunt aufblickt.

Kaspers setzt wieder zu einer Zurechtweisung an, doch der Blick des Kapitäns lässt ihn verstummen. Stattdessen kommt nur noch ein ‚Und wie soll das gehen?' über seine Lippen.

„Ich möchte Ihnen keinesfalls zu nahetreten oder gar Vorschriften machen. Aber ich würde mir den Zeitstempel in den EXIF-Metadaten der Digitalaufnahme ansehen und nur die Personen prüfen, die maximal zwei Minuten zuvor ausgecheckt haben."

Kaspers sieht erst zum Kapitän, dann zu Stüber und Mehldorn. Schließlich entringt er sich noch ein ‚Okay, so könnte es gehen, danke' und verlässt die Kajüte.

„Meine Herren. Entschuldigen Sie die Reaktion meines Kollegen. Er ist sehr gewissenhaft und als Sicherheitschef mehr als alle anderen von dieser schrecklichen Sache gebeutelt."

„Keine Ursache Herr Kapitän. Auch bei uns geht es manchmal hoch her. Da fliegen auch die Fetzen", beruhigt Mehldorn.

Der Kapitän steht auf und kommt mit einer Karaffe und drei Gläsern zurück. „Danke für Ihr Verständnis und Ihre Umsicht. Darf ich Sie dafür zu meinem Lieblingsgetränk einladen. Es ist ein Rum aus Guadeloupe."

Stübers Gesicht beginnt zu strahlen. „Aber gerne doch. Ich habe gehört, dort gibt es den besten Rum unseres Planeten."

„Genau. Und der hier von der Destillerie Longueteau ist der allerbeste." Hansen erhebt sein Glas. „Sehr zum Wohl die Herren!"

Keine zehn Minuten später, die Gläser sind noch nicht ganz geleert und noch nicht alle Geschichten zum Rum auf Guadeloupe erzählt, da klingelt Hansens Handy. Ein Blick aufs Display verrät den Anrufer. „Oh, Kaspers. Einen Moment bitte."

Das Gespräch ist kurz und Hansen anschließend fast ein wenig aufgekratzt. Es liegt auch nicht am Rum, den er während der Dienstzeit eigentlich gar nicht hätte trinken dürfen.

„Meine Herren, wir haben die Person identifizieren können, sein Name ist Rüdiger Pauli. Allerdings hat er vor zwanzig Minuten das Schiff verlassen. Und noch etwas. Herr Kaspers bedankt sich ausdrücklich bei Ihnen, Herr Mehldorn. Der Tipp war goldrichtig."

Mehldorn lächelt und Stüber ist jetzt wieder ganz Kommissar. „Herr Kapitän Hansen, die Frage ist nun, was wir mit dieser Erkenntnis wirklich gewonnen haben? Wir wissen jetzt mit hoher Sicherheit, wer der Angreifer auf unseren Kollegen war. Wir können aber weiterhin nur vermuten, dass er auch der Mörder ist. Wir müssen recherchieren, in welcher Beziehung die beiden zueinanderstanden. Seitdem wir wissen, welcher Art Geschäften das Opfer nachgegangen ist, vermuten wir einen Racheakt."

Hansen ist erstaunt. „Ein Racheakt? Wie kommen Sie darauf?"

„Wir haben mitbekommen, dass der Tote ein Kollege unseres Tischnachbars ist. Der hat uns, ohne es zu wissen auf eine Spur gebracht. Giermann war einer der schlimmsten Firmenjäger in Deutschland. Er hat ohne Rücksicht auf irgendetwas Firmen zerschlagen, saniert und mit ordentlichem Gewinn weiterverkauft."

„Sie meinen, unser Mörder könnte da vielleicht ein Betroffener sein?", zweifelt Hansen noch immer. Stüber deutet ein Nicken an.

Der Kapitän erhebt sich und geht zum Fenster. „Gut. Und wie wollen wir das herausbekommen?"

Mehldorn schaltet sich ein. „Ich könnte mir vorstellen, dass wir mit etwas Recherche im Internet fündig werden. Kommen wir da nicht weiter, könnten wir auch unsere Kollegen in Leipzig bitten. Immerhin wurde ja unser Chef attackiert."

„Wenn es weiter nichts ist. Ich lasse Ihnen einen Zugang zu unserem bordeigenen LAN freischalten und quartiere Sie dazu in unserem Backoffice hinter der Rezeption ein. Sie sind da ungestört und können ohne Beschränkungen recherchieren."

Hansen überlegt weiter. „Da stellt sich mir aber die nächste Frage, wie wir dann weiter vorgehen wollen, wenn sich der Verdacht bestätigt. Der angebliche Täter ist jetzt auf Landgang."

Mehldorn schlägt vor, in diesem Fall den Verdächtigen bei seiner Rückkehr direkt nach dem Check-in festzunehmen und den Behörden zu übergeben.

„So kann es gehen", stimmt Hansen zu. „Aber machen wir doch nicht den zweiten Schritt vor dem Ersten. Ich begleite Sie nach oben, und wenn sich der Verdacht bestätigt, sehen wir weiter."

Carlo von Ochsenstein ist beunruhigt. Soeben hat er von seinen Kollegen erfahren, dass Familie Giermann weder zum Dinner noch zum Frühstück erschienen ist. Auch sonst hat sie keiner gesehen. Also beschließt er nachzufragen.

„Beeil dich aber", wird er von seiner Gisela ermahnt. „Unsere Tour beginnt gleich. Wir müssen in zehn Minuten am Bus sein und vorher noch auschecken."

Er verspricht sich zu sputen und biegt in Richtung Rezeption ab. Dort wird er von der hübschen Nancy begrüßt und nach seinen Wünschen befragt.

„Sogn´s amoi, wissen´s wo se de Familie Giermann vo da Kabine 1738 aufhoit? Mia hams seid vorgestan auf´d Nachd nimma g´sehn."

Die Stewardess tippt etwas in ihren Computer, um echte Recherche vorzutäuschen. Natürlich weiß sie inzwischen, was passiert ist, hat aber Anweisung, keine Auskünfte zu den wahren Vorkommnissen zu geben. Nach einigen Sekunden blickt sie auf. „Es tut mir leid, aber ich sehe nur, dass sich beide an Bord befinden. Ich kann Ihnen aber anbieten, mich bis zu Ihrer Rückkehr zu erkundigen."

„Ja, des wär nett vo Ihna. Mia mach´n uns nämlich ganz scheene Sorgn, ob da was passierd is. Aba wenns an Bord san, na da werds scho ned so schlimm sei."

Die Stewardess nickt zustimmend und Carlo entschwindet in Richtung Ausgang. Eine Minute später erscheint Kapitän Hansen mit den Polizisten, führt sie ins Backoffice und zeigt ihnen die Arbeitsplätze.

„Selbstverständlich wird Sie unsere Kollegin mit Getränken versorgen. Also scheuen Sie sich nicht, Ihre Wünsche zu äußern." Beide nicken zustimmend und machen sich sofort an die Arbeit. Schließlich will noch Stockholm erkundet werden.

Die Recherche gestaltet sich einfacher als gedacht. Während Stüber sich auf die *Financial Winners konzentriert,* versucht Mehldorn etwas über Pauli herauszubekommen. Schon nach wenigen Klicks stößt er auf eine Pressemeldung.

Unternehmerlegende wählt Freitod

Koblenz, 16. März 2008: Geschockt trauert die ganze Region um einen ihrer wichtigsten Persönlichkeiten. Nachdem die Moseltal-Werke von einem Kurssturz betroffen in die Insolvenz rutschten und hunderte Beschäftigte ihren Arbeitsplatz verloren, hat die Unternehmerlegende Martin Pauli mit seinem Suizid Trauer und Entsetzen ausgelöst. „Damit findet eine über 60-jährige Erfolgsgeschichte ihr unrühmliches Ende", sagt Oberbürgermeister Ernst Winter tief gerührt. Paulis Sohn hat bereits Anklage gegen die Wirtschaftsberater erhoben, die nach seiner Meinung Schuld am Tod seines Vaters sind. „Ich will, dass diejenigen, die meinen Vater mit haltlosen Ge-

rüchten in den Tod getrieben haben, ihrer gerechten Strafe zuge-
führt werden", so Rüdiger Pauli gegenüber unserem Reporter vor
Ort.

Zielstrebig schreitet der Stadtführer in Richtung *Per Anders Fogelströms Terrass* am Rande von Stockholms prächtiger Einkaufsstraße *Fjällgatan.*

„Hier oben auf dem *Stigberget,* stand bis ins späte Mittelalter der Stadtgalgen, dem letzten Ort für notorische Diebe und Mörder", berichtet der Stadtführer mit unverhohlener Begeisterung.

Rüdiger Pauli zuckt zusammen, seine Eingeweide krampfen sich zu einem schmerzenden Etwas. Er lässt die Kamera sinken und ergreift die Hand seiner Frau. „Komm lass uns einen Kaffee trinken, Schatz."

Frau Pauli protestiert. „Aber das ist so interessant. Warum wollen wir das nicht bis zu Ende anhören?" Dann erblickt sie das kreidebleiche Gesicht ihres Mannes. „Was ist nur los mit dir? Ist dir wieder nicht gut?"

„Nein, doch, ach was. Komm wir suchen uns ein schönes Plätzchen und dann muss ich dir was erzählen."

„Na gut, wenn du meinst. Aber wir müssen uns noch beim Reiseleiter abmelden." Spricht es und kommt wenig später mit der Information zurück, dass der Bus um sechzehn Uhr fünfzehn wieder in Richtung der *MS Alabama* startet.

Die Paulis müssen nicht lange suchen, bis sie im *Fjällgatans Kaffestuga* Platz finden. Sie bestellen *Julglögg* mit einem Gebäck namens *Lussekattor* und beobachten das Treiben auf der *Fjällgatan.* Zumindest tut das Frau Pauli, während ihr Rüdiger krampfartig um Worte ringt. „Schatz, ich muss dir etwas beichten."

Frau Pauli schreckt etwas zusammen. „Etwas beichten? Hast du etwas verbrochen, was ich noch nicht weiß?"

Und dann bricht es aus ihm heraus. Das ganze aufgestaute Entsetzen über seine Tat, die Heul- und Magenkrämpfe, die schlaflosen zwei Nächte und all das unfassbar Grässliche, was er angerichtet hat. Er erzählt ihr alles, seine Tat, den Angriff auf den scheinbaren Doppelgänger, und wie er seitdem versucht, von diesem nicht erkannt zu werden. Dabei betont er immer wieder, dass es ein Unfall war, denn er ist doch kein Mörder.

„Du musst mir glauben, ich wollte ihn nicht umbringen! Ich wollte ihm nur eine Lektion erteilen", beteuert Pauli nun auch mit reichlich Tränen und drückt fest ihre Hand.

Als alles gesagt ist und Frau Pauli eine unendlich lange Minute gebraucht hat, um die Worte ihres Mannes zu erfassen, ist sie es, die in Richtung Toilette eilen muss.

Kapitän Hansen und sein Sicherheitsoffizier sind geschockt und erleichtert zugleich. Was ihnen da die Polizisten berichten, bestätigt Hansens Verdacht und geht Kaspers nun doch an die Nieren. Ein Mord unter seiner Zuständigkeit kann nur ein schlechtes Licht auf seine Karriere werfen, da ist er sich sicher. Und es ändert auch nichts, dass er alles getan hat, um die Tat zu verhindern. Irgendetwas haftet einem immer an. Elender Mist!

„Und Sie sind sicher, dass dieser Herr Pauli unser Täter ist?", will der Kapitän auf Nummer sichergehen.

Stüber entgegnet, dass alles dafürspricht, auch wenn der Name der Wirtschaftsberater nicht explizit genannt wurde. „Wir haben aber die Übereinstimmung der Namen und ein faustdickes Motiv. Dazu einen Zeugen, der angegriffen wurde. Jeder Untersuchungsrichter würde bei dieser Faktenlage einen Haftbefehl unterschreiben."

„Okay, meine Herren. Dann veranlassen wir das Nötige. Ich erwirke umgehend über ein Amtshilfeersuchen an die schwedische Polizei. Inzwischen überlegen Sie, wie wir den Pauli am besten festsetzen können. Bedenken Sie aber, dass wir uns so lange in einer rechtlichen Grauzone bewegen, bis die örtlichen Behörden mit einem Amtshilfeersuchen in der Hand das Zepter für diesen Fall übernehmen."

Mehldorn nickt zustimmend. „Herr Kapitän, wenn Sie gestatten, unterstützen wir Sie gern bei der Festnahme."

Kaspers wehrt ab. „Das ist nicht nötig meine Herren. Das machen wir schon."

„Herr Kaspers, lassen Sie sich doch ein letztes Mal helfen", wendet Hansen ein. „Ich gehe davon aus, dass die Kollegen Erfahrung darin haben, wie man einen Mörder dingfest macht."

Kaspers zögert einen Moment. „Von mir aus. Gehen wir in mein Büro und überlegen, wie wir es angehen", gibt sich der Sicherheitschef geschlagen.

Es ist einfach nur Hunger, der Monika Giermann endgültig erwachen lässt. Die Beruhigungsspritze von Dr. Petrus hatte sie in komaähnlichen Schlaf versetzt. Nachdem dieser Sicherheitsoffizier sie soeben zum Stand der Dinge informiert hat, realisiert sie langsam, was passiert ist. *Die Ursache wird noch untersucht'* bedeutet ja wohl nichts anderes, als dass noch Zweifel bestehen. Je mehr sie darüber nachdenkt, desto weniger bedauert sie den Tod ihres Mannes. Er hat so viele Menschen in den Ruin gestürzt, so viele Existenzen zerstört. Schon lange hat sie ihren Mann zu mehr Fairness ermahnt, aber er hat seine Sanierungsorgien immer mehr auf die Spitze getrieben. Nicht selten hat er im Freundeskreis damit geprahlt, wenn er wieder eine Firma zu Einsparungen gezwungen und damit Millionen verdient hat. Die damit verbundenen Schicksale waren ihm scheißegal. Sie erinnert sich noch genau, als sich vor nicht allzu langer Zeit dieser Unternehmer erhängt hat. ‚Die Marine kann auf Einzelschicksale keine Rücksicht nehmen', waren seine lakonischen Worte, bevor er wieder zur Tagesordnung überging. Nicht von ungefähr wurde er von seinen Kollegen auch *Mister Teflon* genannt.

Sie drückt die rote Ruftaste und einen Moment später steht Dr. Petrus neben ihr.

„Wo sind wir? Kann ich aufstehen? Ich möchte sofort nach Hause."

Der Schiffsarzt fühlt ihren Puls und kontrolliert den Blutdruck. „Ich glaube, das Beruhigungsmittel hat geholfen. Wenn Sie wollen, können Sie aufstehen. Bleiben Sie aber noch hier in meiner Nähe."

„Ich habe Hunger."

Dr. Petrus lacht. „Das ist das beste Zeichen. Ich lasse Ihnen etwas bringen. Wie wäre es mit einem kräftigen Frühstück?"

Frau Giermann nickt und schickt sich an aufzustehen.

„Elender Mist!", schießt es dem Sicherheitschef durch den Sinn. Gerade hat er erfahren, dass sich die Familie Pauli abgemeldet hat und auf eigene Faust in Stockholm unterwegs ist. Er bemüht sich sachlich zu bleiben.

„Wie lange ist das her?", will er vom Reiseleiter wissen.

„Das ist zirka eine Stunde her. Wir haben vereinbart, dass sie sich um sechzehn Uhr wieder am Bus einfinden."

„Hatten Sie den Eindruck, dass es ernst gemeint war?

Der Reiseleiter ist irritiert. „Wie meinen Sie das?"

„Ich meine, sind Sie überzeugt davon, dass die Paulis wirklich zum Schiff zurückkehren wollen?"

„Wieso fragen Sie das? Warum sollten die mich anlügen?"

„Schon gut, war nur so eine Frage. Bitte informieren Sie mich umgehend, wenn sie losfahren", beruhigt Kaspers seinen Kollegen. „Und ich will wissen, ob die Familie Pauli dann im Bus sitzt."

Kaum hat er die Verbindung getrennt, piept sein Funkgerät wieder.

„Ja."

„Hier ist Alex, Frau Giermann möchte die Reise abbrechen. Was soll ich ihr sagen?"

„Sag ihr, ich komme", lautet die spontane Antwort, während er schon auf dem Weg zu Hansen ist.

„Ich glaube, ich würde es genauso machen", versucht der Kapitän eine Erklärung. „Andererseits würde ich bei meinem Partner bleiben, auch wenn er im Kühlschrank liegt."

Da ist er sich einig mit Kaspers. „Ich meine auch, dass ein Reiseabbruch eher ungewöhnlich ist. Es sei denn, sie hat ihre Gründe. Was ist zum Beispiel, wenn der Tod ihres Mannes auf ihr Konto geht oder sie daran beteiligt war?"

Hansen horcht auf. „Sie meinen, wir haben plötzlich eine weitere Verdächtige?"

Die beiden schauen sich einige Sekunden starr in die Augen. Sie alle haben überhaupt nicht an diese Möglichkeit gedacht. Natürlich führte sie der tätliche Angriff auf diesen Meyer-Krefeld direkt zu Rüdiger Pauli. Sein Vater hat sich nach dem Ruin seiner Firma das Leben genommen. Es ist aber immer noch zu beweisen, dass dieser Wirtschaftsberater auch tatsächlich der Giermann und der Mörder der Pauli war. Aber ihre plausible Reaktion in der Nacht, als sie vom Tod ihres Mannes erfahren hat. War das wirklich gespielt?

„Ich schlage vor, wir besuchen die Dame und hören uns ihre Beweggründe an", schlägt Hansen schließlich vor.

„Das machen wir. Auf jeden Fall können wir ja die Abreise etwas verzögern. Vielleicht klärt sich ja heute Nachmittag einiges auf."

Nach einer gefühlten Ewigkeit und von reichlich Tränen gezeichnet kommt Frau Pauli wieder zurück, geht wie im Trance auf ihren Tisch zu. Ihr Mann sitzt da, wie sie ihn verlassen hat. ‚Sieht so ein Mörder aus?', geht es ihr durch den Kopf. Ist ihr Rüdiger ein Killer? Zugegeben, jähzornig und cholerisch ist er schon immer. Aber er bringt doch keinen Menschen um! Sie weiß nicht was sie denken soll.

„Wo warst du so lange? Ich habe mir schon Sorgen gemacht." Paulis Stimme wirkt gebrochen, aber ehrlich.

„Ja du hast dir Sorgen gemacht?", bricht es aus ihr heraus, begleitet von einem höhnischen Lachen. „Du hast dir also Sorgen gemacht. Interessant. Und um was, wenn ich fragen darf? Wie du unsere Zukunft versaut hast? Oder wie die Zeit im Gefängnis sein wird?"

Pauli versucht ihre Hand zu berühren, aber die ist schneller unter dem Tisch verschwunden, als er zufassen kann. „Schatz, glaub mir. Ich wollte das alles nicht."

„Und warum hast du es dann gemacht?"

„Ich weiß nicht. Der Typ stand da und ich habe an meinen Vater gedacht. Wie er da in seinem Arbeitszimmer hing. Wie er wegen all dieser Lügen leiden musste. Wie er gekämpft hat, um seine Firma zu retten und wie genau dieser Typ ihn abgekanzelt hat. Und dann steht der da am Geländer, voll wie eine Feldhaubitze. Da wollte ich ihm nur eine reinhauen. Wollte ihm nur seine schmierige Fresse polieren, dass er nie wieder so grinsen kann, wie zu meinem Vater, als er ihn anlog und sagte, Vater hätte die Firma doch selbst in den Ruin getrieben."

Nur zu gern würde Frau Pauli ihrem Mann glauben. „Da habe ich mich wohl verhört, als du bei der ersten Begegnung sagtest, du würdest diesen Kerl über Bord werfen?"

„Ja, das hab ich gesagt, aber so war das doch nicht gemeint. Du kennst mich doch. Man sagt vieles und meint es dann doch nicht so."

„Dann stimmt wohl auch nicht, dass du nun doch Kinder willst?"

Pauli schlägt genervt mit der Faust auf den Tisch, so dass die Tassen auf ihren Tellern scheppern. Zum Glück sitzen die nächsten Gäste erst ein paar Tische weiter. „Das darf doch nicht wahr sein! Was hat das denn nun hiermit zu tun."

„Sehr viel. Du sagst etwas, wovon ich annehme, dass du es ernst meinst. Und das hast du mir vor einem Jahr gesagt. Aber jedes Mal, wenn ich andeutete, dass der richtige Zeitpunkt da ist, kamst du mit Ausflüchten. Also schließe ich daraus, dass es auch nicht so gemeint war."

Jetzt schafft es Pauli ihre Hand zu greifen und festzuhalten. „Schatz, das stimmt einfach nicht. Es hat sich einfach so ergeben."

Mit aller Kraft entzieht sie ihre Hand wieder aus seinem Griff. „Ach so ‚Es hat sich so ergeben'. Wie interessant", äfft sie höhnisch nach.

Pauli gibt auf, schickt den Kellner unfreundlicher wieder weg, als er es beabsichtigt, und starrt ziellos auf die Straße. Zahllose Passanten mit Einkaufstüten bekannter Modeketten, Touristen mit Fotoapparaten vor den Bäuchen, Geschäftsleute mit Schlips und Kragen. Keinen interessiert die Geschichte der Familie Pauli. Keiner nimmt Notiz von ihnen, außer vielleicht ein voycuristischer Blick, wer da um diese Zeit vor leeren Tellern sitzt und offenbar nicht glücklich aussieht.

„Komm lass uns einfach hierbleiben. Wir checken aus und mieten uns hier ein Zimmer in einem hübschen kleinen Hotel."

Frau Pauli schaut ihren Mann so entgeistert an, als hätte er ihr gestanden, dass er in Wirklichkeit eine Kuh ist. „Und warum in Allerherrgottsnamen, sollten wir das tun?"

„Weil ich mich auf dem Schiff nicht mehr wohl fühle. Ich muss immerzu an diesen Mistkerl denken."

Jetzt starrt Frau Pauli zu den Passanten. „Meinst du nicht, das würde erst recht auffallen?"

„Ach ich weiß auch nicht. Komm lass uns gehen."

Damit winkt er den Kellner herbei und wenig später hat sie die Menschenmenge adsorbiert. Nur von einem glücklichen Paar kann bei den Paulis keine Rede mehr sein.

Als Kapitän Hansen und sein Sicherheitsoffizier das Krankenzimmer betreten, sitzt Frau Giermann angekleidet auf ihrem Bett. „Da sind Sie ja endlich."

Der Kapitän reicht ihr die Hand. „Herr Kaspers hat mir von Ihrem Wunsch berichtet, dass Sie die Reise abbrechen wollen. Das ist auf der einen Seite sehr verständlich, andererseits natürlich auch schade, dass Sie nicht mehr Gast auf unserem Schiff sein möchten."

„Es hat nichts mit Ihnen und Ihrem Schiff zu tun."

Darauf Kaspers. „Verraten Sie uns, mit WAS es dann etwas zu tun hat? Immerhin liegt Ihr Gatte hier nebenan."

Plötzlich ist es mit Frau Giermanns Ruhe vorbei. „Was wissen Sie, schon von dem Menschen, der da liegt? Er hatte nur eins im Sinn: Geld, Geld und nochmals Geld. Dem Profit hat er alles untergeordnet. Mich, unser Leben und auch meinen sehnlichsten Wunsch nach Kindern. Ich wollte diese Reise nicht, genauso wie ich diese gemeinsamen Ausflüge mit diesen anderen Aasgeiern noch nie wollte. Die ganze Zeit hört man nur von Renditen, Aktien und Transaktionen.

Und was haben wir angestellt mit seinen Millionen? Nichts was den Wert von Kindern aufwiegen könnte. Nichts! Und jetzt will ich endlich weg von dieser geldgierigen Meute."

Kaspers und Hansen sehen sich an. Hörte sich das nun verdächtig an oder nicht? Es ist dieses Gefühl, was sie unsicher macht und insgeheim sind beide froh, dass sie die Leipziger Polizisten involviert haben.

Schließlich räuspert sich Hansen und stimmt zu. „Ich kann Sie wirklich verstehen, Frau Giermann. Wir werden alles Notwendige vorbereiten. Melden Sie sich gegen achzehn Uhr an der Rezeption."

„So lange brauchen Sie, um mich auszuchecken?", reagiert Frau Giermann etwas ungehalten.

„Tut mir leid, aber wir sind hier nicht in einem Hotel. Auch wenn wir in einem schwedischen Hafen liegen, befinden Sie sich hier an Bord in Italien, dem Sitz unserer Reederei. Rechtlich gesehen vollziehen Sie einen Grenzübergang und das muss mit den Behörden abgestimmt werden."

Frau Giermann nickt nur und lässt sich von Kaspers zu Ihrer Kabine begleiten.

Die Kommissare checken bereits kurz nach halb vier wieder ein. Schnurstracks begeben sie sich zur Rezeption, um bei der Nancy nach Kaspers zu fragen. Der erscheint wenig später und begleitet die beiden zur Kapitänskajüte.

„Na meine Herren, wie hat Ihnen Stockholm gefallen?"

„Naja, war etwas kurz, aber unser Taxifahrer hat sich alle Mühe gegeben, damit wir noch Zeit für einen Kaffee im Grand Hotel haben", berichtet Mehldorn.

„Haben Sie denn gute Nachrichten für uns. Wird uns die schwedische Polizei helfen?", will Stüber wissen.

„Soweit ich weiß, ist das Amtshilfeersuchen auf dem Weg. Auch die Reederei hat unsere Arbeit sehr geschätzt und wir sollen Ihnen ausdrücklich für Ihre Unterstützung danken. Uns bleibt dadurch möglicherweise eine millionenschwere Schadenersatzklage erspart", verkündet Hansen.

„Es gibt aber auch eine neue Entwicklung", ergänzt Kaspers. „Die Paulis haben sich von der Reisegruppe abgesetzt."

Wie von einem Blitz getroffen durchzuckt es Mehldorn. „Ich hab´s schon beinahe geahnt. Sobald wir an Land sind, sucht er das Weite."

Stüber überlegt. „Wenn ich es recht überlege, MÜSSEN die wieder an Bord. Ohne Pässe kommen sie nicht weit und die befinden sich in Ihrer Obhut Herr Kaspers."

„Da mögen Sie Recht haben, Herr Stüber", pflichtet ihm der Kapitän bei. „Außerdem würde das den Pauli erst recht verdächtig machen."

Kaspers nickt zustimmend und berichtet nun auch vom Abreisewunsch der Frau Giermann. „Wir können uns keinen Reim darauf machen. Was meinen Sie dazu? Ist das nicht auch verdächtig? Immerhin lässt sie dann einfach ihren verstorbenen Gatten zurück."

„Ist eine Möglichkeit, denn wahrscheinlich wird sie eine Menge Bares erben und Geld ist schon, seit die Phönizier es erfunden haben, ein beliebtes Motiv."

„Andererseits würde ich dann die liebende Witwe spielen und mir am liebsten ein Bett vors Kühlfach stellen lassen", gibt Mehldorn zu bedenken.

Die vier schauen sich gegenseitig an, lassen einige Sekunden die Fakten wirken bis Stüber schließlich vorschlägt, erst die Spur Pauli zu Ende zu verfolgen. Dann könne man sich allemal noch um Frau

Giermann kümmern. „Sie ist doch bei Ihnen in guten Händen, Herr Kapitän?"

„Wir haben sie in ihre Kabine gelassen und ihr versprochen, das Check Out vorzubereiten, was allerdings nicht so einfach ist wie in einem Hotel."

„Sehr gut, das ist plausibel. Und nun hoffen wir mal, dass der Pauli sich daran erinnert, dass er noch seinen Pass benötigt."

Kurz vor siebzehn Uhr treffen die ersten Busse ein. Der Platz vor der Gangway füllt sich mit Gästen. Unzählige Fotos werden geschossen. Vom Schiff, mal mit und mal ohne Frau im Vordergrund. Lachen, Scherzen, Staunen und das übliche Gebrabbel. Nur von Familie Pauli und schwedischer Polizei ist weit und breit nichts zu sehen.

„Ich sag es Ihnen, der hat sich abgesetzt", gibt sich Kaspers überzeugt. Er lehnt mit den Polizisten an der Reling, von wo aus sie einen guten Überblick auf den Vorplatz samt Zugangszone haben. „Und noch viel mehr macht mir Sorgen, dass wir immer noch keine Nachricht von der Polizei haben. Wenn der Pauli tatsächlich auftaucht, können wir ihn höchstens zu einem Drink einladen."

„Jetzt bleiben wir mal schön gelassen", beruhigt Stüber. „Wenn er nicht erscheint, dann ist er ohne Pass unterwegs und kommt so oder so nicht weit. Außerdem wäre das ein prima Beweis seiner Schuld."

„Und es wäre kein Mörder mehr an Bord", ergänzt Mehldorn, aber beruhigen kann er den Sicherheitschef damit nicht wirklich.

Inzwischen füllt sich der Vorplatz immer mehr. Am Fuße der Gangway bildet sich eine Warteschlange. Bordkarte scannen und Hände desinfizieren braucht seine Zeit. Kaspers hält sein Funkgerät in Bereitschaft, als würde das Leben der Besatzung von einem einzigen Funkspruch abhängen.

Als letzter trifft der Bus ein, in dem eigentlich die Paulis sitzen sollten. Der Reiseleiter hat schon während der Einfahrt Kaspers gesehen und wie er aussteigt, deutet er ihm mit einer bedauernden Geste an, dass er ohne sie eintrifft. „Mist, elender", flucht Kaspers vor sich hin. „Dann können wir ja die Aktion hier abblasen und die Paulis den Schweden überlassen."

Kaum hat er es gesagt, fährt ein Taxi vor. „Sehen Sie mal dort." Stüber zeigt auf den Wagen. „Vielleicht sind sie das, weil sie nur die Abfahrt verpasst haben."

Alle drei beobachten das Taxi derart, als würde in der nächsten Sekunde der Papst persönlich zum Vorschein kommen. „Mann wie lange brauchen die denn, um zu zahlen?", regt sich Kaspers auf.

Stüber klopft ihm auf die Schulter. „Es gibt einen schönen Spruch auf Erden. Du musst bedeutend ruhiger werden." Er erntet aber nur ein verkrampftes Lächeln.

Endlich öffnet sich die Tür und eine Frau steigt aus. „Ist das Frau Pauli?", will Mehldorn wissen. Mit dem Aussteigen eines Mannes ist seine Frage beantwortet: Es sind die Paulis! Kaspers atmet hörbar durch und setzt an, um sein Funkgerät in Beschlag zu nehmen. „Fünfzehn-Drei, hören Sie?"

„Hier Fünfzehn-Drei, höre", quäkt es aus dem Lautsprecher.

„Die Zielperson ist eingetroffen. Achten Sie auf den vereinbarten Abstand."

„Okay, ich sehe ihn. Alles klar."

Inzwischen hat sich die Schlange vor der Gangway weitgehend aufgelöst. Stüber erkennt jetzt auch die Meyer-Krefelds, die gemeinsam mit den von Ochsensteins und den Backhausens unweit des Zugangs vor dem Schiff posieren und reihum ein Foto nach dem anderen schießen. Mal die Männer zusammen, dann die Frauen und jedes Paar einzeln. Und immer schön mit dem Schiffsnamen *MS Alabama* im Hintergrund. Fehlt nur noch das gemeinsame Gruppenbild. Carlo schaut sich suchend nach einem Opfer um, dem er die Dienstleistung eines Fotografen aufbürden möchte. Die Menschenmenge hat sich aber inzwischen fast vollständig aufgelöst, so dass als einzige Möglichkeit nur einer der Sicherheitsleute in Frage kommt.

Zu Kaspers Entsetzen willigt einer ein und entfernt sich ein paar Schritte von seiner Position. „Was macht dieser Kerl da? Will der sich eine Abmahnung einhandeln?"

Seine Aufregung vergrößert sich mit jedem Schritt, den sich die Paulis in Richtung Gangway bewegen. „Mensch mach dich zurück!", faucht er vor sich hin.

Gerade will er seine Wut durch das Sprechgerät jagen, da ist die Fotosession beendet. Carlo nimmt seinen Apparat wieder in Empfang, klopft dem Burschen auf die Schulter, geht mit ihm gemeinsam in Richtung Aufgang und meldet sich an. Genau in diesem Moment treffen auch die Paulis dort ein. Während der Mann schon die Bordkarte scannt, lässt sich Frau Pauli schnell nochmal den Fotoapparat geben und geht ein paar Schritte zurück.

Im selben Moment macht der mit *Fünfzehn-Drei* titulierte Sicherheitsmann genau das Richtige. Stüber kann ihm fast von den Lippen ablesen, wie er Pauli andeutet, nicht stehen zu bleiben und zügig aufs Schiff zugehen. Dieser schickt ein bedauerndes Achselzucken in Richtung seiner Frau, die ihrerseits ein Foto nach dem anderen von Paulis Aufstieg schießt.

Auch Carlo wird noch fotografiert und so schmilzt der Abstand zwischen ihm und Pauli bis auf wenige Stufen zusammen. Das können aber weder Kaspers noch die beiden Polizisten sehen, denn sie befinden sich bereits auf dem kurzen Weg in Richtung Zugangsschleuse. Als sie dort eintreffen, betritt Pauli gerade das Schiff, dicht hinter ihm Carlo von Ochsenstein. „Der hat mir grade noch gefehlt", kommentiert Stüber leise.

Pauli geht durch den Metalldetektor. Lautes Piepen durchdringt den Raum. Ein Sicherheitsmann deutet Pauli an, zur Seite zu treten und die Arme auszubreiten. Er tut wie ihm geheißen und nach kurzem Abtasten fördert der Kontrollierende einen Metallkugelschreiber zu Tage. Pauli muss nochmal durch den Detektor, und als dieser stumm bleibt, erhält er seinen Kuli zurück und darf weiter. Es ist der Moment, auf den drei Herren sehnsüchtig gewartet haben.

Kaspers lässt es sich nicht nehmen, den Kerl höchstpersönlich in Empfang zu nehmen und noch ehe Stüber ihn zurückhalten und an die Absprache erinnern kann, ist er bei Pauli und hält ihm seinen Ausweis vor die Nase. „Herr Pauli, mein Name ist Kurt Kaspers. Ich bin der verantwortliche Sicherheitsoffizier hier an Bord und möchte Sie bitten, mich kurz in mein Büro zu begleiten. Es gibt da ein paar Fragen, die wir mit Ihnen gern klären wollen."

Wie gelähmt bleibt Rüdiger Pauli stehen, während Carlo von Ochsenstein durch den Metalldetektor tritt und nun hinter Pauli zum Stehen kommt. Durch Paulis Kopf schießen die Gedanken wie Chinaböller. Er sieht sich aus seiner Einzelzelle durch Gitterstäbe auf den Gefängnishof blicken, Wassersuppe aus dem Blechnapf löffeln und mit Zahnbürste die versiffte Toilette schrubben.

NEIN!

Blitzartig dreht er sich um, will zurück nach draußen, aber da steht ihm von Ochsenstein im Weg. „Na, geh weidda, was soi'n des?", beschwert sich dieser erschrocken.

Pauli erkennt, dass es aussichtslos ist, denn Kaspers versperrt ihm auch den Weg durch den Metalldetektor. Er sucht einen Ausweg, zögert einen kurzen Moment und schnappt sich von Ochsenstein, klemmt dessen Hals in seine Armbeuge und zieht ihn mit ganzer Kraft zu sich ran. Der Bedrängte beginnt lautstark zu protestieren, kommt aber nicht weit, weil ihm Pauli fast die Luft abdrückt. Dabei hält er seinen Metallkugelschreiber dorthin, wo er Carlos Aorta vermutet.

„So und jetzt macht den Weg frei, sonst steche ich diesen Sack ab", schreit Pauli den Sicherheitsoffizier an. Der deutet mit beiden Händen an, er solle sich beruhigen.

„Herr Pauli, wir möchten Ihnen nur ein paar Fragen stellen. Kein Grund die Nerven zu verlieren."

„Keine Angst, ich habe mich im Griff. Und jetzt aus dem Weg!" Dabei drückt er die Spitze seiner Waffe fest gegen von Ochsensteins Hals. Der quittiert es mit einem lautstarken Stöhnen.

„Bleiben Sie doch ruhig Herr Pauli, oder wollen Sie noch ein Blutbad anrichten?", schaltet sich jetzt Stüber von hinten ein.

Pauli fährt so schnell herum, dass er Mühe hat, sein Opfer im Würgegriff zu halten. „Wer sind Sie denn? Was mischen Sie sich hier ein? Und wieso behaupten Sie, ich hätte ein Blutbad angerichtet? Was ist das für eine Scheiße?"

„Ich behaupte das, weil es am Pool vor zwei Tagen eins gab. Viel Blut und eine richtige Sauerei."

Pauli rastet bald aus. „Was wollen Sie dann von mir, hä? Was hab ich damit zu tun?"

„Wenn Sie nichts damit zu tun haben, dann fragen wir uns, warum Sie sich so gebärden?", beleibt Stüber die Ruhe selbst.

Pauli schaut abwechselnd zu Stüber und Kaspers. Schließlich drückt er wieder die Kulispitze in Carlos Hals, so dass dieser aufschreit. „Ihr wollt mir doch bloß was anhängen. Ich hab den Kerl in die Eier getreten und dabei ist er übers Geländer runter in den Pool. Dort blieb er regungslos liegen. Ich hab´s mit der Angst gekriegt und bin abgehauen. So und nun aus dem Weg, sonst stech ich den hier ab."

Stüber deutet Kaspers an, stehen zu bleiben. „Okay Herr Pauli. Wissen Sie, wenn ich mir´s richtig überlege, können Sie den ruhig abstechen. Das ist nämlich auch so ein Geldheini. Ich hab von denen genau wie Sie die Nase gestrichen voll. Mein ganzes Vermögen haben die vernichtet. Genau wie das Ihres Vaters. Also tun Sie uns sogar einen Gefallen." Spricht es und dreht sich um.

Von Ochsenstein brüllt los wie ein Stier und Pauli ist von der Situation völlig überfordert. Einen Augenblick lang schaut er Stüber hinterher. Es ist der Moment für Kaspers. Die Ablenkung Paulis ausnutzend, ergreift er von hinten dessen Hand und dreht sie auf den Rücken. Die provisorische Stichwaffe fällt zu Boden und auch Carlo kann sich mit einem Ruck aus seiner Umklammerung befreien. Begleitet von lautstarkem bajuwarischen Geschrei bringt er sich in Sicherheit. Im nächsten Moment liegt Pauli am Boden, auf ihm Kaspers´ Knie. „Herr Pauli wollen Sie sich jetzt bitte beruhigen. Ich will Ihnen nicht noch mehr weh tun."

Pauli gibt auf und fängt an, wie ein Schlosshund zu heulen. Ohne Gegenwehr lässt er sich in Kaspers Büro führen. Auch Carlo von

Ochsenstein macht, dass er davonkommt, aber nicht ohne ein verächtliches ‚Des war aba ganz sche foisch du Sachsnpreis, du G´scheada‘, in Richtung Stüber zu fauchen.

Von zwei Sicherheitsleuten in die Mitte genommen wird Pauli abgeführt, während Kaspers sich um dessen Frau kümmert. Gefasst nimmt sie die Situation zur Kenntnis und folgt ihm in den Konferenzraum, der als Zwischenstation für entlarvte Straftäter auserkoren wurde.

In einigem Abstand folgen Mehldorn und ein sichtbar erleichterter Stüber. „So mein Lieber, das wäre geschafft. Jetzt sollten wir uns schönmachen, damit wir uns vor dem Galadinner noch den hochverdienten Erfolgsdrink genehmigen können. Oder was meinen Sie?“

„Ich meine, wir sind noch nicht fertig.“

Mit einem Ruck bleibt Stüber stehen. „Wieso nicht fertig? Sie haben den Kerl doch selber enttarnt und jetzt ist er da vorn, umringt von kräftigen Burschen.“

Mehldorn gibt sich unbeeindruckt. „Ist Ihnen denn nichts aufgefallen?“

„Kommen Sie mir nicht schon wieder mit einer Ihrer Sherlock Holmes Nummern. Den Einsatz hatten Sie in diesem Fall schon“, kommentiert Stüber seinen erhobenen Zeigefinger.

„Haben Sie wirklich nicht bemerkt, wie der auf das Wort ‚Blutbad‘ reagiert hat?“

„Klar hab ich das gemerkt. Er wollte es nicht wahrhaben und hat sich die Situation schöngeredet. Mensch Mehldorn, das kennen wir doch.“

Mehldorn deutet an weiterzugehen und hilft seinem Chef auf die Sprünge. Dann entwickeln beide einen Plan.

Sie beeilen sich die anderen einzuholen, bevor alle in den ‚Crew only'-Bereich abbiegen.

„Herr Kaspers, einen Moment bitte."

Der Gerufene vertraut Frau Pauli einem seiner Leute an und wartet, bis die beiden ihn erreicht haben. „Entschuldigung, ich habe Sie ganz vergessen. Wir nehmen hier nicht so oft einen Mörder in Gewahrsam."

„Ich weiß", antwortet Stüber. „Sie haben sich auch nicht an unsere Abmachung gehalten. Wir hatten vereinbart, dass ich das Gespräch beginne und Sie sich in dieser Zeit hinter Pauli platzieren. Dann wäre uns der kleine Zwischenfall erspart geblieben und Herr von Ochsenstein würde mich jetzt nicht auch umbringen wollen."

„Sie haben absolut recht. Lassen Sie mich das heute Abend auf einem kleinen Empfang mit allen Beteiligten in Ordnung bringen."

„Nichts für ungut, Herr Kaspers. Ist ja alles gut gegangen. Bis auf eine Kleinigkeit."

Kaspers hält inne. „Was für eine Kleinigkeit denn?"

Jetzt ist es Mehldorn, der den Sicherheitsoffizier in seine Sicht der Dinge einweiht.

Eine Minute später betreten sie das Reich von Dr. Petrus.

„Hallo Alex", wird er von Kaspers begrüßt. „Lässt du uns nochmal einen Blick auf dein Gefriergut werfen?"

„Wieso? Stimmt was nicht? Ich denke, ihr habt den Kerl schon."

„Denke nie gedacht zu haben. Es gibt da noch eine Kleinigkeit zu klären."

Dr. Petrus versteht es zwar nicht, aber was soll´s? Er führt sie durch einen kahlen Gang, kommt vor einer Stahltür mit der Aufschrift *Prosektur* zum Stehen und gibt den Zugangscode an dem kleinen Bedienfeld neben der Tür ein. Ein leises Klicken ertönt. Dahinter verbirgt sich ein kleiner Raum mit einem Edelstahltisch in der Mitte und fünf quadratischen Klappen an einer Wand. Zielgerichtet öffnet der Arzt Fach Nummer eins und zieht die Mulde mit Giermanns Leichnam heraus. Dann liegt dieser vor ihnen, genauso tot wie blass und mit blutverkrustetem Kopf. Es ist aber nicht der ganze Schädel, sondern nur die rechte Seite.

Mehldorn beginnt am Kopf und betrachtet sich Zentimeter für Zentimeter des Torsos. Als er an der linken Schulter ankommt, verharrt sein Blick. „Doktor Petrus, haben Sie sich diese Region mal näher angesehen?"

„Aber ja doch. Es ist eine sehr starke Prellung."

Mehldorn gibt sich damit nicht zufrieden. „Was meinen Sie, wie hat er sich die eingehandelt?"

Dr. Petrus ist etwas überrascht von der Frage und inspiziert vor seiner Antwort vorsichtshalber nochmal die fragliche Region. „Auf jeden Fall durch erhebliche Krafteinwirkung. Die Verletzung kann er sich aber erst kurze Zeit vor seinem Exitus eingefangen haben."

„Kann man daraus schließen, dass er auf die rechte Schulterregion gestürzt ist und noch einige Zeit lebte?"

„Das würde ich so sagen", stimmt der Arzt zu.

Stüber und Mehldorn schauen sich vielsagend an, Kaspers versteht Bahnhof.

„Also", beginnt nach einigen Sekunden Mehldorn. „Wir sehen auf der rechten Seite eine stark lädierte Schulter samt einem schwachen Hämatom. Wir schließen daraus, dass diese Verletzung nicht tödlich war. Auf der linken Seite ist sein Schädel eingeschlagen und das war auch die Todesursache. Wir fragen uns nun, wie der Sturz ausgesehen haben muss?"

Kaspers schaut abwechselnd zu Stüber, dann zu Mehldorn und schüttelt den Kopf. „Wollen Sie damit andeuten, dass Pauli den hier erst in den Pool geworfen und dann erschlagen hat?"

Mehldorn verneint. „Ich gehe eher davon aus, dass nicht er den tödlichen Schlag ausgeführt hat, sondern jemand anderes."

„Und wie kommen Sie zu dieser Theorie?"

„Ganz einfach. Der Pauli hat vorhin auf das Wort ‚*Blutbad*' nicht so reagiert wie einer, der es selbst angerichtet hat. Im Gegenteil, er hat es sogar abgestritten. Also hat er möglicherweise auch kein Blut gesehen", erläutert Mehldorn. „Und das hier bestätigt genau diese Theorie."

„Sie könnten Recht haben", pflichtet ihm Dr. Petrus bei und weist auf die Kopfwunde. „Wenn ich unter diesem Aspekt an seine zertrümmerte Schädeldecke denke, dann kommen mir auch Zweifel. Wenn er nämlich mit der Schulter auf den Beckenrand geschlagen ist, dann kann er nicht mit dem Kopf auf die Kacheln gekommen sein. Dort ist noch der Überlauf aus Kunststoff. Die Wunde kann aber von diesem Material nicht herrühren. Respekt meine Herren."

Kaspers schaut jetzt wie ein Vater, dem seine minderjährige Tochter ihre Schwangerschaft gesteht. „Und wer soll dann nach Ihrer Meinung zugeschlagen haben?"

Stüber schaut in die Runde. „Wir haben da so eine Theorie."

Monika Giermann steht reisefertig an der Rezeption. Vor einer knappen halben Stunde erhielt sie von Kapitän Hansen persönlich die Information, dass ihre Reisepapiere bereitliegen und sie das Schiff verlassen kann. Das Ganze natürlich nicht ohne tiefes Bedauern über ihre vorzeitige Abreise und die Umstände überhaupt zum Ausdruck zu bringen. Aber Monika Giermann gibt sich unbeirrt und wartet nun auf die schmucke Rezeptionistin, die im Backoffice verschwunden ist, um die Reiseunterlagen samt Pass zu holen. Dass dies unerwartet lange dauert, wundert sie in ihrer Euphorie nicht.

Einen kurzen Moment später erscheinen zwei Herren, die sie schon mal in Begleitung des von Ochsenstein gesehen hat. Auch diese Zwei sehen aus als wollten sie abreisen. Mit einem freundlichen ‚Guten Abend' begrüßt sie der Ältere.

„Auch Ihnen einen schönen Abend. Sehe ich das richtig, Sie wollen auch abreisen?"

„Ja, das wollen wir", antwortet der Jüngere. „Wir haben uns überlegt, noch einige Tage in Schweden zu verlängern. Und was ist mit Ihnen?"

„Ach einfach nur persönliche Gründe", lautet die lakonische Antwort.

Der Ältere deutet an, sich umzusehen und zwinkert ihr zu. „Ihr Mann ist wohl nochmal schnell an der Bar?"

Ihr Blick verdüstert sich. „Nein er bleibt hier an Bord. Ich reise alleine ab."

„Oh!", reagiert der junge Mann erstaunt. „Das tut uns leid."

„Es muss Ihnen nicht leidtun Mir tut es das doch auch nicht."

Der Ältere macht eine Geste, als hätte ihn der Kelch der Erkenntnis getroffen. „Sagen Sie, waren Sie das nicht vorletzte Nacht auf dem Promenadendeck?"

Frau Giermanns Blick verfinstert sich etwas. „Wieso fragen Sie das? Ich war die letzten Tage öfter auf Deck. Auch nachts, wenn ich nicht schlafen konnte."

„Dann geht es Ihnen wohl so wie mir. Ich habe auch so meine senilen Schlafstörungen und vorgestern hab ich mir noch ein bisschen die Beine vertreten. Es war so gegen zwei Uhr und da habe ich gesehen, wie jemand etwas über Bord wirft. Ich dachte mir noch ‚Hey, wer schmeißt denn hier um halb zwei Uhr in der Nacht was in die Ostsee?' Dann hat sich diese Person so merkwürdig umgesehen, gerade so, als wäre sie in Sorge, dass sie dabei jemand beobachtet hätte. Und da sah ich, dass es eine Frau war und wenn ich Sie jetzt so vor mir sehe, könnt ich schwören, dass Sie es waren."

Mit Genugtuung registriert der Ältere, wie sich die Frau mit einer Hand so krampfhaft an der Theke festkrallt, dass alles Blut aus den Fingern gepresst wird. Als dann auch noch ihre Augäpfel nervös zucken und erste Schweißperlen auf der Stirn glänzen, weiß er, dass er ins Schwarze getroffen hat.

„Später habe ich erfahren", fährt er unbeirrt fort, „dass es in dieser Nacht und genau um diese Zeit einen Toten gab. Und nun frage ich mich, ob das, was Sie da über Bord geworfen haben, etwas damit zu tun hatte? Vielleicht klebte da sogar Blut vom Schädel Ihres Mannes dran, oder?"

Wie zur Salzsäule erstarrt, verfolgt Monika Giermann die Worte dieses Herren, der ihr die Ereignisse der Nacht auf den Punkt genau schildert. Sie hatte sich schon mit der Situation abgefunden und Pläne für ihr weiteres Leben geschmiedet und nun steht da einer und will alles beobachtet haben. Nein, darauf war sie nicht vorbereitet. Völlig überfordert von der Situation versucht sie genau das Falsche.

„Wer sind Sie eigentlich und was wollen Sie von mir? Ist es Geld? Sagen Sie mir eine Summe und dann lassen Sie mich in Ruhe."

„Ach wissen Sie Frau Giermann, es ist immer wieder eine Genugtuung, einen Täter überführt zu haben und als Polizist ist mir Gerechtigkeit viel mehr ans Herz gewachsen als der schnöde Mammon, den Ihr Mann seinen Opfern auf so perfide Art abgenommen hat."

„Was? Sie sind Polizist?", entfährt es ihr.

„Wir beide sind es und es kommen gleich noch einige hinzu. Die werden Sie dann in Ihr Hotel begleiten, nur, dass dieses nicht so luxuriös sein wird wie das, was Sie sich vorgestellt haben."

In diesem Moment tritt Kurt Kaspers begleitet von zwei Herren der schwedischen Polizei aus der Tür des Backoffice.

Kapitän Hansen erhebt sein Glas. Der Inhalt, ein edler *Champagne Dom Pérignon* sprudelt feinperlig. Fast schon feierlich schaut Hansen in die Runde, zu den Meyer-Krefelds, den von Ochsensteins, den beiden Polizisten und seinem Sicherheitschef. Nur zu gern sind sie seiner Einladung gefolgt. Schließlich wird man nicht alle Tage vom Kapitän persönlich an den Offizierstisch geladen.

„Sehr geehrte Gäste, ich freue mich, dass Sie meiner Einladung gefolgt sind. Es ist mir eine Herzensangelegenheit, mich bei Ihnen für die Unannehmlichkeiten der letzten Tage zu entschuldigen. Bitte glauben Sie mir, es war für uns alle eine sehr ungewöhnliche Situation." Dabei nickt er Kaspers zu, der seinerseits zustimmend lächelt.

„Dass diese Situation jedoch so bravourös gemeistert wurde, verdanken wir allein Ihrer tatkräftigen Hilfe Herr Stüber und Ihnen Herr Mehldorn. Allein ihr Verdienst ist es, dass wir einen Todesfall aufklären konnten, der andernfalls unserer Reederei viel Geld gekostet hätte. Herr Doktor Meyer-Krefeld, Sie können stolz auf Ihre Kollegen sein."

Dabei richtet Hansen den Blick direkt zu ihm, so dass sich dieser, derart gebauchpinselt, auch beeilt kräftig zuzustimmen.

„Das bin ich Herr Kapitän, das bin ich doch."

Und während sich Mehldorn mindestens ebenso geehrt fühlt, erinnert sich Stüber an einige Szenen zu Hause die ihn eher kühl bleiben lassen.

„Ja und bei Ihnen Herr von Ochsenstein, können wir uns nur für die Umstände bei der Festnahme des Täters entschuldigen", fährt Hansen fort.

Der angesprochene schaut mit eiserner Miene erst zu Hansen und dann zu Stüber. „Des is un bleibd oberfoisch, du Stüber du. Der Saukerl hätt mi umbringa kenna, vastehst mi? Umbringa hätt der mi kenna!"

Stüber geht es nun doch an die Nieren, obwohl er den Kerl immer noch nicht sonderlich leiden kann. „Ich verstehe Ihre Aufregung. Entschuldigung. Ich wusste aber, dass er Ihnen nichts tut."

„Woher wuist denn du des wissn, ha? Des is a Verruckta, der wo mein Kollegn umbracht hat. Der hätt voa nix hoit g´macht."

Wieder mal ist es an Mehldorn, der seinem Chef aus der Patsche hilft. „Herr von Ochsenstein glauben Sie mir. Er wusste genau, was er tut. Sein Ziel war es, Ihren Peiniger zu irritieren und genau das hat doch funktioniert, oder?"

Carlo macht eine abwertende Handbewegung und Kapitän Hansen nutzt die kurze Pause, um die Streithähne zu zähmen. „Sicher war die Situation für uns alle nicht angenehm, aber wir haben Sie gemeinsam gemeistert und dafür darf ich Ihnen in unserem und im Namen der Reederei herzlich danken." Mit diesen Worten prostet Hansen in die Runde und alle lassen die Gläser klingen.

Es wird noch ein geselliger Abend. Carlo von Ochsenstein nimmt, von seiner Gisela angestachelt, Stübers Entschuldigung an und kontert mit einem seiner berühmt berüchtigten Ossiwitze. Meyer-Krefeld klopft Stüber auf die Schulter und versichert, diese Leistung bis an sein Lebensende nicht zu vergessen. Kurt Kaspers zollt den Polizisten seinen Respekt, indem er versichert, viel gelernt zu haben und Kapitän Hansen weiß, dass endlich kein Mörder mehr auf seinem Schiff ist.

Als es spät ist und alle langsam in ihre Kabine schlendern, stupst Mehldorn seinen Chef mit dem Ellenbogen in die Seite. „Wussten Sie wirklich, dass der Pauli unserem Bayern nichts tun wird?"

Stüber stupst zurück. „Aber mein lieber Mehldorn, genau genommen habe ich es befürchtet."